世间最美的遇见

唐诗21讲

霍明琨◎著

花山文艺出版社
河北·石家庄

图书在版编目（CIP）数据

世间最美的遇见．唐诗21讲 / 霍明琨著．—石家庄：花山文艺出版社，2017.8 （2023.9 重印）
ISBN 978-7-5511-3678-5
Ⅰ.①世… Ⅱ.①霍… Ⅲ.①唐诗－诗歌欣赏 Ⅳ.①I207.2
中国版本图书馆CIP数据核字（2017）第209886号

书　　名： 世间最美的遇见——唐诗21讲
作　　者： 霍明琨

统　　筹： 李　爽
责任编辑： 贺　进
责任校对： 李　伟
封面绘图： 樂　兮
插　　图： 龙轩静　樂　兮
装帧设计： 王爱芹
美术编辑： 胡彤亮
出版发行： 花山文艺出版社（邮政编码：050061）
（河北省石家庄市友谊北大街330号）
销售热线： 0311-88643299/96/17/34
印　　刷： 北京一鑫印务有限责任公司
经　　销： 新华书店
开　　本： 880毫米×1230毫米　1/32
印　　张： 6.625
字　　数： 140千字
版　　次： 2018年2月第1版
2023年9月第3次印刷
书　　号： ISBN 978-7-5511-3678-5
定　　价： 43.00元

目　录

第一讲

最远的你是我最近的知己

——王勃《送杜少府之任蜀川》

江淹的《别赋》中说："黯然销魂者，唯别而已矣！"离别总是让人伤感，更不要说在交通不便的古代。那个时候的"生离"，甚至很可能就是"死别"，用张爱玲的话说："一别，便是一生。"所以但凡涉及离别的诗，总是愁云惨淡、悲悲切切。可是在大唐盛世开端的时候有这样一首送别诗，却犹如云端高燕，气象清新，别开生面。

这首送别诗，就是《送杜少府之任蜀川》。

提起它，大家会很自然地想起其中的名句："海内存知己，天涯若比邻。"正是这两句，作为醒目的诗眼，点亮了整首诗；也提振了整个初唐的文坛士气。初唐的文坛，是怎样的一种情形？为何这首诗的作者被称为初唐四杰之一？他究竟是哪些方面杰出呢？在具体地解读这首诗和它的作者之前，先让我们回顾一下唐诗长河的前尘后世、蜿蜒流转。

"诗"从产生之初，一直是用于吟唱的，因此我们常常说"诗歌”。就像最初的诗歌源头《诗经》那样：“关关雎鸠，在河之洲；窈窕淑女，君子好逑。”人们不自觉地按照声音的韵律哼唱、吟咏，自然合辙押韵，非常优美。到了魏晋南北朝时，这种不自觉的吟唱规律逐渐被人们发现，并且总结出来，逐渐落实在汉字的声律之美上——就有了四声八病之说。遵循四声八病，相较于古体诗，就产生了近体诗，也就是我们平时常常说的绝句、律诗这些严格按照格律来创作的诗歌。语言本身的声律之美发展到唐朝，恰逢伟大帝国的华彩盛世，如同一个女子长到一定年龄，越来越有着光滑的肌肤、灵动的眼神、美妙的身段。而最重要的是，她兼具了内在的气质和神韵，这两者在最好的时间里结合起来，打造了一个真正的美人。唐诗正是如此，同时具备了“气”和“象”两者，带有了浪漫、理想、野性、阳刚这些气质和情怀，所以才能在中国历史上缔造了诗国的高峰。

魏晋南北朝时期，很多文人也按照声律写下了一些优美的诗篇和词句，但后来逐渐落入一种窠臼，过于在意辞藻的华丽，过于雕琢、堆砌，逐渐显得颓废而流于修饰，没有生气。这种影响一直到了初唐还残存着。正在此时，在大唐风起云涌的雄壮号角即将吹响的时候，初唐四杰出现了。

初唐四杰主要杰出在哪儿呢？闻一多先生评价他们把诗的境界和内容“从台阁移至江山与塞漠”（《唐诗杂论》），一扫六朝的绮丽、迤靡和颓废的文风，将过于强调声律的诗歌境界扩展到广阔天地，显得气势恢宏，令人耳目一新，就此展开了大唐诗国高峰的辉煌篇章。正因如此，我们才将这些初唐时期有代表性的诗人赋予“四杰”这样的称号。当然，这些诗人很优秀，但比起山水诗派的宗师王维，唐诗高峰的李白、杜甫还是不够的。然而他们首先打破诗坛沉闷华丽的空气，带来一种清新刚健的激流，地位不可替代。

他们是：王勃、杨炯、卢照邻和骆宾王。

《四库全书总目》中说“勃文为四杰之冠”，身为初唐四杰之首的王勃，究竟何许人也？

王勃是隋末大儒王通的孙子，出生于儒学世家、书香门第。他从小就显露出非凡的才华，据说六岁便可以“指物作诗，立就”，受到世人瞩目，被称为神童；甚至“未冠而仕”。古时候男子成年要行冠礼，之后便可参加社会上的种种事务。但有关材料显示王勃连冠礼都没有举行，就在十四岁时做了朝散郎。

王勃主要生活在唐高宗和武后时期，据说他在十四岁时向唐高宗献了一首《乾元殿赋》。这首《乾元殿赋》辞藻华丽，气势恢宏，对偶工整，唐高宗看了之后龙颜大悦，因此称他为大唐奇才，并把他列为初唐四杰之首。《旧唐书·杨炯传》中记载：

> 炯与王勃、卢照邻、骆宾王以文词齐名，海内称为王杨卢骆，亦号为四杰。

有一个典故脍炙人口，颇能说明王勃当时年轻气盛、喷薄欲出的才气。

唐高宗上元二年（675）的重阳节，南昌都督阎伯屿重建滕王阁，大摆宴席，邀请远近文人学士为滕王阁题诗作序，王勃恰好路过洪州，阎伯屿早就听说王勃的大名，于是就邀请他一同赴宴。阎伯屿在席上设了纸笔让大家即兴作赋。然而宴席是阎伯屿为了夸耀他女婿才华而设，他让女婿提前做好，在宴席上装作是即兴而作写在纸上。宾客们自然知道他的用意，纷纷表示推辞。可是二十五岁的少年才子王勃对这些乏味的人情世故毫不在意，拿起纸笔刷刷点点一挥而就。《唐才子传》记道：

勃欣然对客操觚，顷刻而就，文不加点，满座大惊。

阎伯屿看到早已设置好的酒宴被这个毛头小子搅局，十分不悦，拂袖而去。众人惊愕之下拿起文章诵读道“豫章故郡，洪都新府”，阎伯屿在帐中哼了一声：“老生常谈！”众人又接着念道“星分翼轸，地接衡庐”，阎伯屿听到此句已逐渐有壮阔气势，捻须沉默不语。当大家念到“落霞与孤鹜齐飞，秋水共长天一色”时，躲在帐中的阎伯屿也忍不住连连赞叹：“此真英才，当垂不朽！”

王勃年纪轻轻，才华闻名天下，早早进入仕途，可以说是春风得意。但往往越是才高八斗的人，越容易恃才放旷，受到同僚嫉妒。王勃同一个诸侯王沛王关系亲密，竟因为沛王与英王斗鸡，写了一篇《檄英王鸡》。高宗看了之后怒不可遏，认为王勃才华用错了地方，便把他贬谪。王勃遭到贬谪后曾短暂恢复了官职，后来又因为杀死官奴而再次被贬。由于王勃自身的个性和特点，不受拘束、恃才傲物，不断被贬谪，甚至影响到了他父亲，使得父亲也同样被贬到很远的地方。学者一般认为王勃生于650年，卒于677年，据说是在看望他父亲的途中溺水而亡。如此英年早逝，千载之下仍然令人扼腕痛惜。

我们现在来看一下他的这首代表作《送杜少府之任蜀川》：

城阙辅三秦，风烟望五津。

与君离别意，同是宦游人。

海内存知己，天涯若比邻。

无为在歧路，儿女共沾巾。

这首诗是王勃送一位姓杜的朋友到蜀地（四川）去任职的送别之作。在此之前，大多送别诗都会让人感到一种伤感、无奈的情绪，但王勃此诗却偏偏与众不同。

开首就有如电影大片，长焦距镜头劈空而来，营造了一种恢宏气势和开阔场景——长安城雄伟高大的宫墙护卫着三秦大地，在万里风烟的弥漫之中，遥遥看到岷江五个渡口。几笔点染、大气挥洒，便造就了流动的气韵和华彩。仅这两句，仿佛穿越千山万水而来，王勃一落笔，就把整个诗的调子定在了一种非常清新、刚健，而且雄浑、阔大的背景之下。

可是，毕竟你要走了，要走得山高水远、海角天涯。我不想刻意地说离别，我也不愿意离别。你我同样是在万丈红尘之中，宦海沉浮，身不由己，同样是为了梦想去奔波的人啊！“此地一为别，孤蓬万里征。”就此一别，各自保重，言下已有万千感慨。

就在此刻，站在这高高的城墙之上，遥望着风烟万里，遥想着未来拼搏的日子。我们都是在人世间行走，很多事不得已而为之，但是“海内存知己，天涯若比邻”，请相信我，离别不会拉远你我的距离，千山万水，知音永存。就算你走到了天边，我们也像是并肩近邻。

相濡以沫，不如相忘于江湖。既如此，就让我们，把悄悄当作离别的笙箫；就让我们，潇洒地挥一挥手，作别西天的云彩。纵然不舍，纵然伤怀，纵然无奈，也要决绝，也要超拔，也要淡然。“无为在歧路，儿女共沾巾。”就让我们用盛世大唐的英雄气，掩埋掉一段悲悲戚戚的儿女情。因为，最远的你是我最近的知己！

王勃的这一首五言律诗，八句短联，极尽开合顿挫，气脉流转。首联全景覆盖，气象阔大；颔联由远及近，思绪悠悠；颈联又奇峰突起，壮美无限；尾联低回婉转，余韵悠长……这短短的四句当中，有无尽的沟壑，无尽的风光，无怪乎被称为唐代律诗送别诗中的代表之作。

明代著名学者胡应麟认为王勃的五律：

> 兴象婉然，气骨苍然，实首启盛（唐）、中（唐）妙境。五言绝亦舒写悲凉，洗削流调。究其才力，自是唐人开山祖。
>
> ——《诗薮·内编》卷四

这就是大唐初年才气逼人、阳刚雄健的四杰之首——王勃。正是这种朗朗风神、磊磊气骨，开启了大唐诗作的盛世之音。

第二讲

唯美月夜的淡淡忧伤

——张若虚《春江花月夜》

春江潮水连海平，海上明月共潮生。
滟滟随波千万里，何处春江无月明。
江流宛转绕芳甸，月照花林皆似霰。
空里流霜不觉飞，汀上白沙看不见。
江天一色无纤尘，皎皎空中孤月轮。
江畔何人初见月？江月何年初照人？
人生代代无穷已，江月年年只相似。
不知江月待何人，但见长江送流水。
白云一片去悠悠，青枫浦上不胜愁。
谁家今夜扁舟子？何处相思明月楼？
可怜楼上月徘徊，应照离人妆镜台。
玉户帘中卷不去，捣衣砧上拂还来。
此时相望不相闻，愿逐月华流照君。
鸿雁长飞光不度，鱼龙潜跃水成文。

昨夜闲潭梦落花，可怜春半不还家。
江水流春去欲尽，江潭落月复西斜。
斜月沉沉藏海雾，碣石潇湘无限路。
不知乘月几人归，落月摇情满江树。

这样一首非常经典的诗作，充满了美好的、澄澈的、带来无尽悠远意象的感觉。

相信每个人最初看到这首诗作时都会觉得特别美好。春、江、花、月、夜这五个字，仿佛把人生当中所有美好的事物都集中在一起。闻一多先生评价这首诗时曾无限感慨地说道：

在这种诗面前，一切的赞叹是饶舌，几乎是渎亵。

——《唐诗杂论》

这是一种什么样的感觉呢？它为什么又被称为是“孤篇盖全唐”呢？

实际上，关于《春江花月夜》的作者张若虚，留下来的资料很少。目前只知道他是扬州人，有过一定的官职，其他的就很少查到了，但是所有这些都不会影响这首诗所具有的极其深远的魅力。

《春江花月夜》实际是乐府的旧题，陈后主、隋炀帝都曾用这个题作过诗，但比较浮华香艳。张若虚的这首诗也是采用乐府旧题，同样也写了一个最经典、最平常的游子思妇题材，但它整体给人的感觉却是耳目一新，特别清新、唯美、灵动。这样的一首诗中，有动有静；月是动的、江是静的；而且有虚有实；春是虚的、花是实的。整首诗动静交融，虚实相生，创造出一片澄澈生动，而又静美悠然的意境。

前文我们曾经提到，在魏晋南北朝时期，人们对于语言规律进一步摸索，总结出来了“四声八病”，因此在诗歌的创作上有意识地探索了格律诗。也就是从这个时候开始，绝句、律诗等按照一定格律创作的诗歌被叫作近体诗。而此前的那些诗歌就叫作古体诗。《春江花月夜》属于一首古体诗。它非常有韵味，但并不是严格的格律之作。这首诗每四句一换韵，每一韵一小段，一共是九段，每一个小小的段落又展示了不同的风华流转。

“春江潮水连海平，海上明月共潮生。”整首诗的开头马上把我们带入到一种充满生命气息的，非常宽容、博大、透明的情境中。站在春天的江边，春水初生，春林初盛，春风十里。

春天的江水刚刚涨起来，仿佛和大海连成了一片。傍晚夜色初升的时候，海上的明月和潮水一同出现在我们面前。那是一种怎样的唯美！站在海边，圆月初升，通体澄澈，浩渺无垠。

你有没有注意到这样一个有趣的小地方，“海上明月共潮生”，用的是生活的“生”，而没用升起来的“升”呢？实际上，晚上的月亮升起来，应该用“升”，怎么用了“生”？是不是写错了？恰恰相反，这句诗用字的精妙就在这里。当温暖湿润的春天夜晚，江水逐渐涨起来，仿佛和大海相通。而一轮明月慢慢地和江水一起“生长”的时候，仿佛是带有生命的律动，仿佛是生生不息的。这种动静结合、非常灵动的感觉，就把我们带到了接下来的世界：“滟滟随波千万里，何处春江无月明。”

“滟滟”是一种什么样的情景呢？就是波光荡漾着月光，月光映照着波光，流动着、辗转着，就像金色的、银色的光线如细鳞般洒在波浪之上。这流金碎玉随着波浪千万里流去，一轮明月悬挂在天空，仿佛无数的春江、春水，都共此明月。正象这首禅师写的那样：

千山同一月，万户尽皆春。
千江有水千江月，万里无云万里天。

瞬时把人们带入了充满禅意的世界。

接下来，我们的视线随着诗人逐渐来到了江流当中，“江流宛转绕芳甸，月照花林皆似霰。”江流旖旎多情，拥抱着、环绕着繁花盛放的原野。这一笔顺手就带出了“花”字，当然也呼应了题目中的“花”。花树成林，又与月光映照，花光和夜光，月光和波光，天地相契，晶莹透亮。

“空里流霜不觉飞，汀上白沙看不见。”到此时我们可以感觉到月亮慢慢升起来，晶莹、透明、澄澈、光亮。光亮之下，天地之间仿佛了无纤尘。月光四射，如霜凛人。有的学者解释说，霜飞就表示有寒气了，春夜还不觉得寒，所以用“不觉”二字。我反倒觉得，此处不是在说季节的寒冷，而是在说月光的皎洁犹如飞霜。诗人在转眼之间仿佛出现了一种时空的穿越，仿佛诧异了，不知不觉当中思绪如飞。如霜的月光穿过花林，又映照到沙汀之上，犹如白昼。花林是白的，汀洲上的沙也是白的，这二者在月光和波光之间难以分清。上面八句，已经写到了春、江、花、月、夜，不着一字，尽得风流。

接下来就来到了中间的五段，这五段写江、写月，遐思无穷。

“江天一色无纤尘，皎皎空中孤月轮。”这两句映衬着前八句。辽阔江天，一轮孤月悬在天空，纤尘不染，瞬间呈现净透无边的空间感。明月是那样纯美、皎洁，同时有种淡淡的孤独感。

接着作者笔锋一转，便从辽阔的空间感演化成了悠远的时间感。也就是在此时生发出这一句天真而永恒的提问：“江畔何人初见月？江月何年初照人？”这句发问近乎出于无邪的孩童：我站在这儿，春天的傍晚，美好的江月如此澄澈。在江边有什么人是第一次见到月亮？而这江月，又是从哪一年开始，映照着人的？这一句，开辟鸿蒙，醍醐灌顶。看似童稚天真的发问，却含有着极为寥廓的“宇宙意识”。在亘古不变的、永恒的天地面前，我们的人生显得如此短暂。因此诗人随即咏出：“人生代代无穷已，江月年年只相似。”有限的生命犹如白驹过隙，日月永恒，但人生短暂。就像另一位非常杰出的初唐诗人刘希夷写的那样：

年年岁岁花相似，岁岁年年人不同。

在这样的江边，看到了如此的明月，感受到了美好的春天，却忽然想到了时空悠远的距离中，人生如此短暂。这轮明月可能亘古犹存，而我们却如匆匆过客。

所以诗人接着叹道：“不知江月待何人，但见长江送流水。”江月呀，你独自悬在空中，见证着人世间不断的兴衰荣辱、悲欢离合，可是你永远默默无言。你究竟在等待着谁呢？江月无言。我们只能见到川流不息的长江水日夜东去，带走了所有时光，摧枯拉朽，如同一只魔手。在空灵唯美的春天江畔、月夜当中，仿佛屈原的《天问》一样，在近乎天真孩童的发问里，已经带有了淡淡的哀伤，而这种哀伤却又不知不觉中蕴含了深邃的人生哲理。

当你读到“但见长江送流水”的时候，有没有想起南唐后主李煜那伤感的名句：“胭脂泪，相留醉，几时重。自是人生长恨水长东。”有没有想起曹操的《短歌行》：“对酒当歌，人生几何！譬如朝露，去日苦多。慨当以慷，忧思难忘。何以解忧？唯有杜康。”有没有想起苏轼在《水调歌头》当中的发问：“明月几时有，把酒问青天。不知天上宫阙，今夕是何年？”历来的英雄才子都曾经感慨过时不我待，人生能有几个春秋，又能创造多少功业？永恒的宇宙见证着人生的短暂无常和无奈，想到这里常使人不觉悲从中来，只能寄情于手里的酒杯。

李泽厚在《美的历程》中说过这样一句话：

> 这里似乎有一种奇异的哲理，某种人生的感伤，然而它仍然是那样的快慰轻扬、光昌流丽。

就在这样的追问和轻轻的哀愁当中，包含了对宇宙和人生的永恒探索。在这样的俯仰天地、光阴流转当中，接着来到了下一句：“白云一片去悠悠，青枫浦上不胜愁。”这一句仿佛和上一句并不相连，但实际上却由于漫天孤独的感觉，而逐渐联想到了滚滚红尘的人世间。就好像“少年不识愁滋味，为赋新词强说愁”。到这里，白云一片，悠悠而逝，青枫浦上，一种叫作“愁”的感觉真切地来了。

“愁”是什么样子呢？王昌龄曾经有过这样一首诗：

闺中少妇不曾愁，春日凝妆上翠楼。
忽见陌头杨柳色，悔教夫婿觅封侯。

本来一切是如此美好的，春天当中细致地化了妆，登上翠楼，可是忽然一下，看到了杨柳之色，触动了心中的情怀，一片愁绪就此而来，开始思念那个征战在远方、为了获取功名宦海沉浮的夫君。

愁绪就是这样无端而至。“谁家今夜扁舟子？何处相思明月楼？”接下来的这句话假借思妇之口，看着远远的江上的一叶扁舟，思念着远方的良人。诗人仿佛在写一个人的思绪，却又仿佛写出了所有人的思绪。家家今夜都有游荡在外面的一叶扁舟，到处都有相思无处寄放的明月楼台。

晚唐花间派诗人温庭筠写过这样的句子：

过尽千帆皆不是，斜晖脉脉水悠悠，肠断白蘋洲！

美好的青春少女，在妆楼远望江上的那些帆船，幻想远方的他乘舟归来，可是经过了无数的帆船都不是他，一直到了斜阳洒在水面上，肝肠寸断。不就同样是这种期待、这种企盼、这种遥望、这种思念，还有这种伤感吗？

到此接着衍生出了下一句“可怜楼上月徘徊，应照离人妆镜台”。月光啊，你如此美好，令人怜惜，好像不离不弃围绕着我一样，你照在了远方的人身上，也照在了我的梳妆台上。这种月光就像思念的情感，“玉户帘中卷不去，捣衣砧上拂还来”，想要把它拂袖扫去，可是它永远还在那里，剪不断，理还乱。就像李清照所写：

一种相思，两处闲愁。

此情无计可消除，才下眉头，却上心头。

那个时候，同样的一轮圆月，照着你也照着我。我是这样思念你，却无法见到你，“此时相望不相闻，愿逐月华流照君”。虽然我和你远隔天涯，不知道你的消息，却希望我的思念也能随着月光倾泻在你的身上：“鸿雁长飞光不度，鱼龙潜跃水成文。”这是两个非常精彩的对句。虽说鸿雁能够千里传书，但是月光也带不去我的思念。虽说鱼腹能够藏信传递情感，可是我只看到了江面的波光粼粼——何等力透纸背的奇思妙想！

长诗的最后两句逐渐收束：“昨夜闲潭梦落花，可怜春半不还家。”这么美好的夜晚，美到似乎让人觉得似幻犹真。就像一场梦一样，在梦中，我梦到春天快结束了，花也落了。可惜春天已经快要过去，你怎么还不还家呢？

古人笔下有过很多“落花”：李煜写过“流水落花春去也，天上人间”，杜甫也曾经写过“一片飞花减却春，风飘万点正愁人”。一片落花，就让人感觉到春天再也没有了，美好的年华就要逝去，可是日夜思念的人啊，你为什么还不回来呢？柳永说“此去经年，应是良辰好景虚设”，只可惜白白辜负了这个良辰美景啊！

伴随着如此的思念、如此的感慨，轻烟般的愁绪慢慢浸润开来。不知不觉中，月亮慢慢沉下去，一切都慢慢静下来了。“江水留春去欲近，江潭落月复西斜。”江水流，春天也流。江水流不尽，春天却要尽。眼见得如此美好皎然、圆满纯洁的一轮明月逐渐西斜，怎能不引起无限感慨！

“斜月沉沉藏海雾，碣石潇湘无限路。”海月茫茫，雾霭沉沉，终于望不见归途。碣石和潇湘之间，千里迢迢，路途遥远。即便如此，却是“不知乘月几人归，落月摇情满江树”。这种淡淡的愁绪就像轻纱，从美丽的春天江畔，从仰望月空看到花林，然后兴发了对宇宙、人生的发问。这种寥廓高远的宇宙意识甚至不知不觉中揭示了亘古不变的真理，让人感叹神伤。随着作者的目光转到人世间，又想到有多少游子思妇的悲欢离合，有多少纠结而美丽的情怀……虽然如此，终究还是慢慢回到这个宁静而美好的江畔夜吧！不知道有几个人乘月归来呢？落月摇江，情何以堪啊！

到这里，《春江花月夜》全诗完结。这样的一首诗，被晚清大文人王闿运称为：“孤篇横绝，竟为大家。”时至今日，它仍然有一种净化心灵的神韵，令人徜徉流连、沉吟忘返；每当吟诵起来，总是余音绕梁，三日不绝。

第三讲

寥廓宇宙下的伟大孤独

——陈子昂《登幽州台歌》

前不见古人，后不见来者。

念天地之悠悠，独怆然而涕下！

陈子昂是初唐时期的代表性诗人之一，这首《登幽州台歌》也是他的代表性作品。提到陈子昂这首诗歌，就必须要知人论世，回顾一下他的生平，以及他为什么写了这样一首诗，而这短短的四句当中又含有怎样的情结。只有了解了他这个人，知道他所处的时代、他的经历甚至包括他的个性，才能更好地理解这首诗。

陈子昂生活在唐高宗和武后年间，出生在四川，是梓州射洪县人，即今天潼川一带。唐人卢藏用写过一篇《陈子昂别传》，初步介绍了陈子昂的身世：

陈子昂字伯玉，梓州射洪县人也……奇杰过人，姿状岳立，始以豪家子驰侠使气。至年十七八未知书。尝从博徒入乡学，慨然立志。因谢绝门客，专精坟典。数年之间，经史百家，罔不该览。尤善属文，雅有相如子云之风骨。

这段文字说：陈子昂生于世家大族，家里非常富贵，是一方豪强。他年轻的时候在本地特别有名，而且本人卓然不群、特立独行，很有个性。因为出身豪门，所以经常任侠使气，到了十七八岁的时候还没有好好读书。有一次，一个偶然的机会，跟着一帮赌徒进到了地方的学校，忽然受到了刺激，慷慨立志，闭门谢客，此后专攻经文和典籍，才华大为增长。且在数年之间有所成就，经史子集莫不烂熟于心，尤其善于文章之事，颇有司马相如和扬雄的古雅风格。

学有所成的陈子昂开始走了一条所有隋唐时期知识分子都会走的路：考进士。最初的时候考了两次落第，约在二十四岁的时候考中了进士。他的个性非常耿直，出语直接，毫不掩饰，因此授官之后得罪了当时的权贵，多次被打击。这是高宗年间的事情。到了武后年间，情况有了一些变化，陈子昂多次上书，慷慨陈词，谈论国家大事，他颇有见地的政治言论得到了武后的赏赏，被授予麟台正字官职。

到这里，我们不得不说一说陈子昂这个人的独特个性，因为他的出身、性格及成长经历，因此行事作风颇有纵横家的特点。加之他性格率直、卓尔不群、天马行空、独往独来，所以并不是一个特别谙熟官场复杂关系、能够在官场中游刃有余的人。但是陈子昂自有自己的“圈粉”之道。

有这样一个小故事：陈子昂最初到京城长安闯荡时，才学出众，却籍籍无名，心情十分郁闷。有一天他在京城里闲逛，正好赶上长安集市上有一个人卖胡琴，索价百万，非常惊人。当时很多富豪权贵围观传看，议论纷纷，但没有一个人识货，也没有人敢问津，大家只能望“琴”兴叹。围观的人越来越多，陈子昂这个时候灵机一动，挺身而出，挤进人群，对卖琴人说：“我出一千缗钱，这琴我买了！”一出手就是千缗，豪气万丈。围观的人纷纷咋舌，有人问陈子昂：“公子，您怎么出这么大的价钱买琴，看样子您一定是位乐坛高手，能否为我等演奏一曲呢？”陈子昂笑道：“这儿太吵闹了，想听我演奏乐曲的，明天中午到宣阳里来吧。我在那里恭候各位大驾光临！”说完目不斜视地走了。第二天中午，宣阳里聚集了许多慕名而来的人，其中有很多长安的文人雅士、社会名流。陈子昂备好酒肴，大宴宾客。众人酒足饭饱，准备听陈子昂弹琴。此时陈子昂把这把价值千缗的胡琴拿了出来，抚琴慨叹后忽然对众人说：“蜀人陈子昂，有文百轴，驰走京毂，碌碌尘土，不为人知。此乐贱工之役，岂宜留心！”意思是我乃四川陈子昂，能诗善文，在家乡颇负盛名。然而到了京城之后，却不为人所知。我买的这个胡琴，只不过是乐工演奏的乐器罢了，哪里值得大家如此关注！说罢，陈子昂竟然当场将这把昂贵的古琴摔得粉碎，随即拿出自己的诗词文章，散发给在座的所有宾客。当时众皆惊叹，其中有一位西京的官员王氏，看到陈子昂的诗文之后，大为赞美：称赞“此必为海内文宗”。转眼之间所有人都知道了陈子昂，一日之内名满京师，无人不晓。

在这个故事当中，我们能感觉到陈子昂为人处世的特点，非常有豪气，很有纵横家的风范，当然他也很希望自己的才华受到重视。他曾经写过的感遇诗之一，就非常明显地代表了年轻时那种才华横溢、希望得到明君赏识，施展抱负的情怀。

感　遇

第三十五

本为贵公子，平生实爱才。
感时思报国，拔剑起蒿莱。
西驰丁零塞，北上单于台。
登山见千里，怀古心悠哉。
谁言未亡祸，磨灭成尘埃。

他说我本来就是出生于富家大族的公子，而且特别喜欢经文典籍，自己也特别努力地学习，有感于这个时代，希望自己能够凭能力报效国家。我在这莽莽苍苍的野草当中拔剑四顾，心中茫然。我也曾经有过边塞出使、边疆作战的经历，登上高高的山峰，眺望千里之外，仰怀古迹、心驰神往。诗的最后一句则更能体现陈子昂的抱负：为什么精忠报国，一腔热血反倒很容易招来灾祸呢？即便是这样，我宁愿磨成尘埃，也不忘初心！

当陈子昂的才华和一腔热血受到了武后的重视后，他感觉自己遇到明君了，一心想要大显身手。

正在此时，唐王朝东北边境发生了一场重大的叛乱，当时的契丹族在营州（今天的辽宁）一带作乱，整个东北部的局势遭到破坏，甚至动摇唐王朝的统治。武则天特别紧张，派她的侄子武攸宜去镇压。当时武后还另外有所考虑，她在晚年的时候一心想立武家子弟为后嗣，只可惜恰恰这个时期国家从东北到西北，边疆战事不断，她派出的武家子弟个个不成气候、担不起大任，最终还是把权力还到了李氏家族中。

在这场边疆作战中，武则天派陈子昂到武攸宜帐下做参谋。武攸宜几乎不懂什么军事，而且非常自以为是。正在带兵途中，忽然闻听前方的军队受到了挫折，大将阵亡，这样一个初步的失败就导致全军震恐，止步不前。当时的陈子昂对此感到特别忧虑、恼恨，他慷慨陈词，请求武攸宜派出一万人，由自己率领去攻击敌人。然而他的这种态度和举动并没有得到相应的肯定，武攸宜认为他一个文弱书生做不了什么真正的大事，断然拒绝了他的要求。陈子昂一腔忠勇却得不到赏识，心中非常压抑，认为自己不能苟活于乱世，所以一再向武攸宜进言，特别急切和耿直，却最终被降职。我们今天要讲的《登幽州台歌》就写在这个时期。

这次军事战争之后，陈子昂受到了很大的打击，有一些心灰意冷，就上表以父亲有病为名回家休养。回到家中隐居不久，父亲就去世了。陈子昂很孝顺，非常悲痛，特别憔悴，骨瘦如柴。恰恰这个时候，当地贪婪残暴的县令想利用此事大行敲诈，罗织了很多法律条文，设下陷阱来诬告陈子昂。陈子昂这个时候身心俱疲，交了二十万缗，也没有逃脱继续被陷害的命运，在多方的压力打击之下，最终幽愤而死，时年四十二岁。

在当时参与东北边疆作战过程中，陈子昂受到武攸宜的压制，才华无处施展，受到了沉重打击。他曾经在回归途中经过河北一带的古迹蓟北楼，感慨无限，写下了《蓟丘揽古赠卢居士藏用七首》，这些诗和《登幽州台歌》写于同一个时期，因而充满了同样的情怀和心绪。

在这组诗前面有个小序：

因登蓟北楼，感昔乐生燕昭之事，赋诗数首。

这个蓟北楼指的是河北一带的古城墙等古建筑，这些古迹使他想起一些历史佳话因而感慨赋诗，《燕昭王》是其中的一首。

燕　昭　王

南登碣石馆，遥望黄金台。
丘陵尽乔木，昭王安在哉？
霸图今已矣，驱马复归来。

战国时期的燕国在今天的河北一带，燕赵之地多任侠豪气之风。燕昭王是当时燕国一位非常有作为的君王，特别想振复燕国，一洗耻辱，所以他敬贤爱才，各地的名士也纷纷来投奔他。有一个非常著名的典故：战国时期的阴阳家以邹衍为代表，邹衍当时在各国都受到了前所未有的重视，他到齐国的时候，齐王很重视他；到卫国的时候，卫王到郊外相迎；到赵国时，平原君侧身走路，毕恭毕敬。燕昭王要把这样一位贤才引进来，他比此前的齐国、赵国全都更加恭敬，他亲自用衣袖裹着扫把退着身子边走边扫，为邹衍清扫道路，并让出自己的座位，且修建了碣石宫。后人因此便用“拥慧先驱”和“碣石宫”这两个词来比喻用优厚待遇来尊礼贤才。

还有另一个典故叫“黄金台”。燕昭王当时特别想迎接各地的贤才，让他们来归服自己、振复燕国，怎么样才能得到呢？他就问谋士郭隗，郭隗给他打了一个比方：一个国君非常想求购千里马，派了好多人花了好多钱都没有得到。有一个人说自己能找到，于是他带着大量的金钱，找了三个月，但找到的那匹千里马已经死去了，他就花很多金钱买回了千里马的骨头。国君非常恼火，说：“你怎么花这么多钱买了一副马骨头呢？”这个人回答：“如果要有人知道你千金买马骨的话，你又何尝买不到千里马呢？”果然不久，这个国君就得到了千里马。郭隗用这样一个故事来告诉燕昭王，只要有诚心，上宾贤才就会纷纷来赴。果然，燕昭王后来依此计而行，修筑了黄金台，吸引招纳了大量贤才，其中最典型的一个人物就是大将乐毅。乐毅非常有才华，而且熟悉兵法。当时赵国内乱，他就奔赴魏国，后来又出使燕国，感觉到燕昭王是一个特别有前途的明君，于是就跟从他。大将乐毅果然非常有奇帅之才，后期曾经率领燕国军队等五国联军攻打齐国，连下七十余城，创造了古代战争史上以弱胜强的著名奇迹，而且报了当时齐伐燕之仇。

这样的一种明君贤臣的际遇，这样的一种君臣相得的往事，使郁郁不得志的陈子昂踏上这块土地，回忆起这些过往的时候，怎能不唏嘘不已、感慨万千！他在这首《燕昭王》当中就说，我看到蓟州的城楼，想起了燕昭王怎样的招纳贤才，君臣共同成就辉煌霸业。可是今天我来到这里，高山丘陵长满了野草和灌木，当年的燕昭王又在哪里呢？当年的宏图伟业今天已经看不到了，我只好驱着马带着怅惘的心情归来了。

这种情怀，实际上也是《登幽州台歌》的整个背景思想和情怀。

《登幽州台歌》只有四句，所有的人都说这首诗好，但是我们并不知道它好在哪里。它的语言很质朴，没有什么华丽的辞藻；它的构思也很平直，没有什么奇思妙想；它的笔法也非常简单，只是作者的一腔热血，才华喷涌，甚至顾不上特别的修饰。而这两句五言、两句骚体却成为了千古绝唱。

叶嘉莹先生曾经说过，究竟怎样才算是一首好诗？最关键的就是要有一个感动和兴发的生命。一首诗究竟以何取胜，是神韵、风情，还是气势？所有的一切都取决于有一个兴发和感动的生命。陈子昂就是这样一个生命。他的气质、情怀、风格和品格，通过这首诗歌的每一个字迸发出来，撞击着每一个读者的心灵。

在大唐的初盛时期，知识分子、士人们都抱有极高的理想，胸怀大志，才华横溢，想实现自己的报负。可是像陈子昂这样伟大的理想、这种报国之情受到了无情的打击和拒绝，而且无法施展的时候，其心情是可以感受的。“前不见古人，后不见来者”，他也在感慨，此前如燕昭王对待邹衍、对待乐毅，这种明君贤臣的千古佳话的际遇究竟在哪儿呢？我并没有看到。那此后再过多长时间，才会有这样明君贤臣的际遇呢？我也不一定能遇得到。站在这万里悠悠的风烟当中，“念天地之悠悠”，天地无限、亘古永恒，而与天地永远存在相对比，人生却是何其有限、何其短暂！在初唐诗人的主题当中，都有一种伟大的天人宇宙的情怀。面对天地亘古不变，而人生又是如此短暂之境，难免有壮志未酬、大志不展的孤独和悲慨。

怎样才能在有限的生命中完成无限的功业呢？古往今来，名人志士都有这样的感慨。辛弃疾曾经有一句非常著名的词句：

了却君王天下事，赢得生前身后名，可怜白发生。

这首词写得荡气回肠、苍凉悲慨、遒劲有力、清新刚健。当陈子昂登上北方的高台，回首往事、缅怀故人的时候，我们眼前仿佛出现了这样一幅图景：天地苍茫、一片旷远，一个人物的剪影矗立在天地之间，有他个人悲慨的情怀，也有历史的苍凉之感。在这个人的身上，我们甚至看到了孔子、屈原、李白、杜甫、辛弃疾、范仲淹的影子。

面对高山流水的时候，孔子曾感慨：

逝者如斯夫！不舍昼夜。

登临远望的时候，杜甫曾写过：

风急天高猿啸哀，渚清沙白鸟飞回。
无边落木萧萧下，不尽长江滚滚来。

登上高楼的辛弃疾也曾经写过：

把吴钩看了，栏杆拍遍，无人会，登临意。

范仲淹也曾在《岳阳楼记》中写道：

先天下之忧而忧，后天下之乐而乐。

一个作品之所以成为经典，是因为我们在其中看到了如此真挚、如此感动，而又如此兴发的生命。它有如此博大的内涵，穿越千古、震撼人心，其中有深沉的人生感慨，也有苍凉的历史情怀。它不只写出了一个人的心声，也写出了无数才人志士的心声。

如果说盛唐的李白和杜甫是诗中之日月的话，那么陈子昂这样的文风既没有华丽的辞藻，也没有精致的对偶，但是他却清新刚健、古拙质朴，就像古琴之音那样沁人心脾。我们可以把他喻为唐诗天空的启明星。初唐的诗坛就像是旭日初升的地平线，这样的一位诗之巨子缓缓地向我们走来，而在他身后，则是壮远雄魄的盛唐的诗国高峰。

第四讲

契入澄澈空灵的禅境

——王维《山居秋暝》

初唐过渡到盛唐时期，矗立着几座令后人无法企及的诗之高峰。这几位代表性的诗人都有雅号，比如李白叫作“诗仙”，杜甫叫作“诗圣”，王维叫作“诗佛”。每一个雅号都十分切合地贴近这个人物的特质。对于山水诗派代表性的宗师王维而言，“诗佛”之称与其生平、诗作、画意、禅境都密切相关。

王维的一生有着怎样的历程呢？又为何被称为“诗佛”？

一般认为，王维的生卒年是701年～761年，山西祁县人。王维字摩诘，这个字和佛教有着不解之缘。著名的佛经《维摩诘经》是智者维摩诘居士与弟子讲学之书，王维的名和字即取自于此。同时，王维的生平和家世也和佛教有着密不可分的关系。他成名后，曾在《请施庄为寺表》中写道：

> 臣亡母故博陵县君崔氏，师事大照禅师三十余岁，褐衣蔬食，持戒安禅，乐住山林，志求寂静。

崔氏是王维的母亲，这个表中说她侍奉禅宗北宗领袖神秀的大弟子大照禅师，虔诚奉佛三十余载，常年幽居山林、衣着简朴、粗茶淡饭、精进持戒、淡泊宁静。很明显，母亲对王维后来的人生走向有很大的影响。

王维从小特别聪明，是一个神童，九岁时作诗为文就非常精彩，令人刮目相看。他成名非常早，十六七岁的时候来到长安，一下子就因为才华横溢的诗作名动京师。当时唐都长安有一位诸侯王岐王，就是杜甫诗句“岐王宅里寻常见”的那一位。这位岐王当时一见王维，感到非常惊讶。他说：“这些诗作都是你写的啊！我一直以为是古人写的呢。”可见当时的王维已经以其诗作才华而闻名，在士林中有很高的威望。

王维在开元七年（719），也就是十八岁的时候中了解头，二十一岁的时候又中了进士，从此开始仕途生涯。最初的时候做了太乐丞，但他感觉官场中互相倾轧、非常黑暗，便弃官归隐。到了开元二十三年（735），当时有位宰相张九龄，非常赏识王维的才华，任命他做右拾遗。此后，王维的官位越升越高，做了监察御史。正是在那个时期，王维出使边塞，写下了许多气势雄浑而又刚健有力的边塞诗。

历史的车轮随之进入天宝年间，盛世繁华的同时，政治越来越黑暗，官场也越来越腐败。天宝十四载，也就是公元755年，大唐由盛转衰的一场关键性变乱——安史之乱爆发了。这场战乱中长安陷落，玄宗仓皇之中奔向蜀地。当时王维作为朝廷的命官，还来不及跟随玄宗一起逃跑就被抓住。他不愿担任伪职，服下药物假装得了重疾，但后来安禄山还是强迫他做了一个官。

安史之乱平定之后，肃宗即位，江山收复。曾在安禄山政权担任伪职的人都被处罚，王维也被定罪。当时他的弟弟在朝中为官，宁可失掉自己的职位也要保住哥哥；另外，王维在乱中还写下了很多希望朝廷光复、渴望江山稳定的诗作，肃宗看到后非常感慨，认为王维还是心系朝廷的，免除了对他的贬谪，官复原职。随后又逐渐升迁，做了中书舍人，后来又做到尚书右丞。

王维在安史之乱中被迫担任伪职，虽然在肃宗光复之后免除一死，还幸运地官复原职，但是他心中还是感觉到乱世当中没有为国家的危亡承担自己的责任，并且没有以身殉国，所以非常愧疚。同时王维目睹大唐皇朝从开元年间杨国忠专权、滥用淫威，到后来李辅国专权、纲纪不振，他的心中再次萌生了越来越深的归隐之意。王维中年时妻子病故，从此以后再也没有续娶，只身独居三十年。史书中记载他常常焚香独坐、参禅诵经。

回顾了王维的生平，似乎能够对于他的诗风、诗中的禅意，以及他的“诗佛”雅号有更多一些的感受。

实际上，早年的王维并非如此。他少年早慧，才华出众，成名很早，是一位诗画俱绝的大才子。壮年时期的王维很典型地带有盛唐时期所有才子共同的特点：一方面，努力上进、求取功名；另一方面，豪侠意气、刚健雄劲，热情歌颂祖国的大好河山，甚至愿意在边塞战争中大显身手。

与之相配，王维早期的诗作自然充满理想化气概、积极进取的诗风和男子汉雄浑阳刚的气魄：

少年行四首

其　一

新丰美酒斗十千，咸阳游侠多少年。

相逢意气为君饮，系马高楼垂柳边。

其　二

出身仕汉羽林郎，初随骠骑战渔阳。

孰知不向边庭苦，纵死犹闻侠骨香。

观　猎

风劲角弓鸣，将军猎渭城。

草枯鹰眼疾，雪尽马蹄轻。

忽过新丰市，还归细柳营。

回看射雕处，千里暮云平。

使至塞上

单车欲问边，属国过居延。

征蓬出汉塞，归雁入胡天。

大漠孤烟直，长河落日圆。

萧关逢候骑，都护在燕然。

以《使至塞上》为例，当时大唐帝国西部边境有个著名强番——吐蕃，正值边关大将平定吐蕃、边塞作战获胜之时，王维以御史身份去视察边境、安慰部众，他在经过边塞时写下了这首诗。整篇充满了一种苍茫空旷、极目远眺的大漠风情，充满大唐帝国那种雄浑阔大的胸襟。其中著名的句子“大漠孤烟直，长河落日圆”，浓墨重彩，孤烟直上，与长河静流、落日余晖相得益彰；极具力度美的粗犷直线与极具柔和美的圆润曲线完美融合，充分体现了王维诗画俱绝的艺术特色。

值得一提的是，与早年性格里儒家的积极入世特点相对而言，王维的气质中还有很深的佛禅意蕴。刚才提及，这和他的家世渊源密切相关。王维母亲师从禅宗北宗大照禅师，奉佛三十余载，王维从小就受到佛教文化的濡染。

禅宗是中国化的佛教，而且是中国思想文化史在唐代儒道释合流过程中非常典型的一个现象。禅宗中的北宗在当时的唐代，尤其是在高宗武后年间影响非常大，而且占据了主流。禅宗北宗的主旨和特点是什么呢？有这样一段禅宗历史上著名的公案：五祖弘忍决定传衣钵的时候，就让当时的各弟子每人来写一首偈子，即悟道的短诗。谁写得好，哲理更深，悟道更透，就把禅宗的衣钵传授给他。当时大弟子神秀众望所归，他也认为自己一定会继承衣钵，因此非常得意，挥毫就写下了这首偈子：

> 身是菩提树，心如明镜台。
> 时时勤拂拭，莫使惹尘埃。

诗中认为我们的身心虽然如菩提明镜，但是在世间中难免被七情六欲所蒙蔽，难免沾染上红尘俗世的灰尘，因此我们应该时常进行自我反省和观照，拂去心灵的尘埃。

神秀写下这首诗后，众人竖起大拇指高声叫好。这时候在伙房做饭的一个和尚叫作慧能，跑出来看了一下说：“这种诗我也会写呀。”慧能不会写字，就随口吟了一首，叫别的和尚代写在了墙上，但是没想到这样的一首诗却确立了慧能在禅宗南宗的地位，以及与禅宗北宗完全不同的修行心法，这首偈子是这样的：

菩提本无树，明镜亦非台。
本来无一物，何处惹尘埃。

慧能的这一首偈子，非常典型地代表了后来禅宗的走向，就是“明心见性，直指人心”，而且强调的是“顿悟”。也就是我们常常听到的“拈花微笑，不著一字”，即认为我们的心中自有慧根，可以直接契入空灵的禅境中，而不需要更多的复杂程序和阐释的手段。慧能这首诗让弘忍非常惊讶，认识到了他难得的慧根，并托付给他衣钵，从此在南方传教。

禅宗的南宗在玄宗以及肃宗年间，尤其是在肃宗以后，占据了禅宗的主流，并且逐渐确立了自己的地位。而王维与禅宗北宗和南宗的很多高僧都有交往，经常一起参禅打坐、诵经读佛。对于王维来说，他的诗歌中越到后半段越有一种空灵、剔透，直接契入禅境的特点，这都和他的禅学修养以及对佛禅意理的参透有非常直接的关系。

山居秋暝

空山新雨后，天气晚来秋。
明月松间照，清泉石上流。
竹喧归浣女，莲动下渔舟。

随意春芳歇，王孙自可留。

这样一首《山居秋暝》，很多人耳熟能详。但熟悉的地方没有风景，我们往往随意地溜过去，可能觉得这首诗美则美矣，并没有什么特别之处，还被认为是千古名作，究竟好在哪儿呢?

“空山新雨后，天气晚来秋。”首先就是劈面而来的一个“空”字。这个字在王维的诗歌中多次出现过，甚至成为他中晚期诗中最具代表性，也是词频最高的一个字，如：

空山不见人——《鹿柴》
空翠湿人衣——《山中》
夜静春山空——《鸟鸣涧》
空堂欲二更——《秋夜独坐》
波澜动远空——《汉江临眺》

有人认为“空”字明显受到了佛禅意理的影响。严格来说，王维不只是受到了禅宗的影响，实际上他已经悟透了空灵的禅境，而又入水无痕、浑融无迹地将这种禅意化入了自己的诗歌之中。

佛教中常常说“色即是空”，“色”指世间一切有形、有感、有色的东西，在佛教的观念中，世间一切皆为“虚空”。就像《金刚经》中所说：

一切有为法，如梦幻泡影，如露亦如电，应作如是观。

的确如此，王维经历过很多人生的大起大落，甚至直面过生死，他对于人生的苦难，甚至是荣辱、兴衰和成败，都有非常明确的认识。对于世间的一切喧嚣和浮躁，也已经可以空视了。

另外，在佛教中还有一种“无我”的观念。也就是说，佛教除了让人更透彻地洞见生命、抛却我执之外，还有一种智慧，那就是使自己的身心完全浮游于自然，使自己的身心虚空清静下来，来接纳和面对所有的一切，这也是“空”的一个概念。在王维的诗当中，兼具了不同的“空”的意蕴。“空山新雨后”，字面上看来，他营造了一种“空”的境界，而在这种境界中，似乎没有涉及作者任何的眼光和影子。他只是在说一个客观的表象，空静的山林中刚刚下过了雨，一切静谧无边。

“天气晚来秋”这五个字都很简单、很常见，但是遣词造句的精妙之处也值得细细琢磨。一个“来”字，就含有时空交替、光阴轮转的感觉。很多著名的诗句之中都有这样一个耐人寻味的“来”字：

> 夜来风雨声——孟浩然《春晓》
> 晚来天欲雪——白居易《问刘十九》
> 塞下秋来风景异——范仲淹《渔家傲》

每一个“来”字都有一种不知不觉当中时光流转、季节变换、人世轮回的意味。

诗的前两句写空寂的山林中下过雨之后，天色渐晚、秋意渐浓，有种慢慢浸润上来的空灵静美，又有一点儿苍茫淡远，还有一种轻轻的、虚空的、等待的心境。

接下来就来到颔联："明月松间照，清泉石上流。"这两句对偶极为工整，却又了然无痕。我们能感觉到王维营造的非常澄澈淡泊，而又唯美灵透的意境：明月在松间照映，清泉在石上流淌，有一种近乎到透明的色调。整体的画面感呈现在眼前，同时它又有一种声音的感觉。虽然最开始写到的是"空"，但是在这里却有光的流动，有水流的声响。这种轻轻的光影的挪移和水流慢慢地流淌，带给我们细致的精微的悦动，从而反衬出山林整体的空旷和静美。

在这种美当中，我们还能观照到哪些呢？除了表面的意象，"明月"和"清泉"又指什么呢？《宋高僧传》记载：

> 元崇以开元末年从璇禅师谘受心要，日夜匪懈，璇公乃因受深法与崇，历上京遂入终南，至白鹿，下蓝田，于辋川得右丞王公维之别业。松生石上，水流松下。王公焚香静室，与崇相遇神交。

这里写道，当时的一些高僧和王维日夜交往，经常一起焚香静坐，悟道参禅。"松生石上，水流松下"，这样唯美的环境既是一种现实的生活，也是一种理想的描摹。而且佛教中常用"纯净的流淌不息的清泉和溪水"来比喻智慧的根源，所以月下青松、石上清泉，这种禅宗的智慧和心志的高洁交融到一起，更带有了深邃的内涵和韵味。诗人看起来随意挥洒，但是写景如画，甚至不着痕迹到了一种炉火纯青的地步。

接下来："竹喧归浣女，莲动下渔舟。"这首诗的前四句，写了一种非常安静的、空旷的，甚至了无一人的山林。但是在这种无边的空旷、无边的寂寞之中，却突然有了灵动的声响。那竹林喧哗作响，原来是洗衣服的女孩子嬉笑着归来；莲叶突然迎风摆动，渔舟由上而下轻快穿行。

王维诗有一个极具典型的特色：虚实相生、动静相宜、以动写静。这种感觉其实我们在其他的诗歌中也有体会，例如《鸟鸣涧》。

鸟　鸣　涧

人闲桂花落，夜静春山空。
月出惊山鸟，时鸣春涧中。

在这首诗中同样具备了这个特点，手法同样极为高妙。人处于非常娴雅静谧的状态之下，现世安稳，岁月静好，甚至可以听见桂花扑簌簌飘落的声音，这种扑簌簌的飘落使得夜晚更加沉静，使得春天的山林更加空旷。就在此时，一轮明月缓缓升起，而明月的光影忽然惊醒了山林，鸟儿飞起，扑棱棱一声，鸣叫声渐行渐远，在春涧之中，引起了无数的回声，愈发显得长久和空旷。

钱锺书先生说：

寂静之幽深者，每以得声音衬托而愈觉其深。

——《管锥篇》

这恰恰是写作手法的高明之处，越是有一点点些微的响动，越衬托出整体背景的空静无边。

这首诗的最后两句："随意春芳歇，王孙自可留。"字面意思是说：即使天气逐渐步入了秋天，随便你春天的野花凋谢了，那也没有什么关系。君子您还是可以留在山中，享受这一份归隐山林、悠然自得的意趣啊。这两句话出自于《楚辞·招隐士》：

王孙游兮不归，春草生兮萋萋。

……

王孙兮归来！山中兮不可久留。

前两句说：您为什么不回来呢？春天的野草已经生长得十分茂盛了。后两句说：您还是回来吧，山中已经是秋天了，不可以久留了。这里王维反其意而用之——即便春天美好的花草凋谢，都无所谓啊，只要我们愿意在山林中停留，自可以享受这种悠然自得之趣，这又有什么关系呢！

袁行霈先生在其主编的《中国文学史》中说：在以王维为代表的山水诗派"所创造的明秀诗境中，既有澄澹精致的宁静画面，又有绵邈灵动的意蕴，能于空静中传出动荡，平淡里透出幽深"。能以高妙的手法轻而易举地契入澄澈空灵的禅境，也正因为如此，王维占据了中国山水诗派的宗师地位，达到了别人难以企及的高度。

第五讲

不俗仙骨　多情佛心

——王维《辛夷坞》

如果能够穿越时空，来到盛唐时代，从某种意义上说，王维在文学史原生态上的地位高于“李杜”，是当时文坛的领袖，号称“天下文宗”。（唐代宗《答王缙进王维集表诏》）他成名非常早，在开元天宝年间就已经是诗坛巨匠、一代文化名人，并且在其生前以及后世都享有盛名。《新唐书》称其：

名盛于开元、天宝间，豪英贵人虚左以迎，宁、薛诸王待若师友。

据说年轻的王维刚刚进入京城时，籍籍无名、不为世人所知。但他随即就以出色的才华得到玄宗的弟弟——岐王李范的欣赏，然后由岐王引荐给玉真公主。就在一场豪华盛宴当中，风雅清俊、气质若仙的王维白衣飘飘，低眉信手弹奏了一首古琴《郁纶袍》，征服了所有人的耳朵，也因此赢得了公主的垂青。顺理成章，拿下当年“解元”（乡试第一名）的桂冠。

这个颇具浪漫色彩的传说，让人对早年的王维平添了许多玉树临风、风姿俊美的想象。魏庆之《诗人玉屑》有云：

王佑丞如秋水芙蕖，倚风自笑。

的确，王维就是这样一位温文尔雅、静秀风流的中国式才子。这位才子曾吟出“慷慨倚长剑，高歌一送君”的豪情，也曾写出“孰知不向边庭苦，纵死犹闻侠骨香”的壮志，而且还有很多情深义重、脍炙人口的佳作：

相　思

红豆生南国，春来发几枝？
愿君多采撷，此物最相思。

九月九日忆山东兄弟

独在异乡为异客，每逢佳节倍思亲。
遥知兄弟登高处，遍插茱萸少一人。

这样的作品足以表明，王维既是一个有着出将入相、积极入世的儒家情怀的人，也是一个非常敏感深情的人。

作为盛唐山水诗派的宗师级人物，他精通音律，才貌双绝，那首《郁纶袍》堪称千古绝唱，和嵇康的《广陵散》一样，充满了传奇色彩。实际上王维最擅长的却是绘画，王维不仅是公认的“诗佛”，也是文人画的南山之宗，钱锺书称他为“盛唐画坛第一把交椅”。他的水墨画风几乎影响着中唐以后的中国山水画发展的全部历史。至少可以说，占据中国古代山水画主流的文人画，都受到了王维的影响。关于王维的画作，最经典的是苏轼的评价：

味摩诘之诗，诗中有画；观摩诘之画，画中有诗。

——《东坡题跋·书摩诘蓝田烟雨图》

我们常常说王维诗画俱绝，实际上王维绝不仅仅是诗画俱绝，而是诗画乐三绝，他将三种艺术形式高度融合、充分浸染，并且能够互为虚实，各得其精彩。

深刻精湛的艺术修养，对于自然的喜爱，以及长期隐居山林的生活，使他对万千世界具有敏锐独特而细致入微的感受，因而他笔下的山水景物特别富有神韵，常常是略事渲染，便表现出深长悠远的意境，耐人玩味。这些特点在他后期空灵、静美的山水诗作中充分表现出来，创造出一种自然之美、心境之美与艺术之美融为一体的纯美诗境。

以画作为例，中国的山水写意和西方的素描写生有明显不同，西方绘画注重真实、严谨，比例协调；而中国古风水墨则注重风采、神韵，意在笔先，常常是虚实相生，或者大片留白，在无画处皆有旨趣，往往淡淡的几笔云烟就成了绝妙的画境。同样作为盛唐文人画的宗师，这些特点在王维的诗歌当中也有着非常典型的体现。例如“大漠孤烟直，长河落日圆”，有非常明显的粗犷与细腻、直线和曲线结合的美。比如他“分野中峰变，阴晴众壑殊”，则是有着令人难以捉摸的光影挪移和晦明阴暗的变化；再比如“泉声咽危石，日色冷青松”，更有色调浓淡的过渡和冷暖的变化。

除了擅画之外，王维精通音律，因此他对于声音异常敏感，特别善于捕捉精细微妙的声响，非常善于以动写静，在寂静的环境下点染出几处灵动的声音，比如“竹喧归浣女，莲动下渔舟”“泉声咽危石，日色冷青松”。前文提到的《鸟鸣涧》就更是一个经典的例子：“人闲桂花落，夜静春山空。”整体环境是极为空灵、静谧的，但是突然出现了声响，而这种声响如果不是有一个非常敏锐的心灵是感受不到的。“月出惊山鸟，时鸣春涧中。”桂花扑簌簌地掉落，月亮缓缓地升起，山中的鸟儿被惊吓，鸣叫而起。所有这些都能够表明他作为诗、画、乐三个领域的巨匠，能够深得其中真味，而将艺术精粹糅合在一起，却又浑然无痕的高妙手法。

在王维营造的唯美诗境中，除了诗、画、乐俱绝，除了禅意、禅味、禅趣、禅境之外，更重要的是有一个“不俗仙骨、多情佛心”。

王维由于家世的渊源，与禅宗北宗和南宗的宗师有很多交往，禅宗的北宗强调渐修、内省，流行于武后年间和玄宗时期；禅宗的南宗强调明心静性、单刀直入、顿悟成佛，在肃宗年间成为主流，并且有着极为深远的影响。在王维的诗歌当中，尤其是后期奠定了他山水诗宗师地位的诗歌当中，最具典型性的，深得禅宗真味的，就是这些“拈花微笑、直指人心”、刹那灵性的火花契入了艺术和哲理世界的作品。

王维的诗歌当中常常出现“空”“闲”“静”这样的字眼：

竹 里 馆

独坐幽篁里，弹琴复长啸。
深林人不知，明月来相照。

鹿 柴

空山不见人，但闻人语响。
返景入深林，复照青苔上。

在这些意境当中，“空”的主体占据了整个画面，并且给人一种深远的意境。这里的“空”字，当然含有佛教义理中的“空”，也就是窥破世间的一切，一切终将成空。但是在王维的诗歌中，“空”绝对不仅仅是空无一物，而是在禅宗的境界里还有以虚空之心观照万物。当这种心境隐射在山林之上的时候，呈现出空明、无染、不着一物的洁净。而“闲”也不是无所事事，而是能够随遇而安、淡泊名利。“静”不是死寂无声，而是静中有动，静中有声，这也是禅宗特有的波若静观。

美学大师宗白华曾说：

禅是中国人接触佛教大乘义后体认到自己心灵的深处而灿烂地发挥到哲学境界与艺术境界。静穆的观照和飞跃的生命构成艺术的两元，也是构成“禅”的心灵状态。

——《美学散步》

领悟到禅的真谛，并不是说万物皆空，而是在清虚空静中有着活泼灵动的生命状态，这才是禅宗的真味。

同时，佛教无我的思想和中国本土的庄子哲学颇有一致之处，二者很容易结合在一起。王维的诗在佛教的义理当中也常常出入道家，有很多典故来自庄子，比如《戏赠张五弟諲》中的几句：

我家南山下，动息自遗身。
入鸟不相乱，见兽皆相亲。
云霞成伴侣，虚白侍衣巾。
何事须夫子，邀予谷口真。

“入鸟不相乱，见兽皆相亲”一联，用的是《庄子·山木》典故：“入兽不乱群，入鸟不乱行，鸟兽不恶，而况人乎？”“虚白”一词则出自《庄子·人间世》中的“虚室生白”，形容纯净的心境。正像《列子》中的这个典故：有一个人每天到水洲之上与鸥鸟戏耍，浑然融为一体，非常逍遥快乐。可是有一天家里人告诉他说：“你离鸥鸟这么近，完全可以抓几只回来吃啊！”于是这个人就有了机心。当他心里一旦存着这个心思，再来到鸥鸟中间时，这些鸟儿却不知不觉都飞走了。因此在古琴曲当中有一首《鸥鹭忘机》，说的就是人没有机心的时候，才能够真正地和自然合而为一。

这也恰恰说明王维将佛教义理和诗境禅意的融合当中，并不是冷漠、清静、寡淡，远离人世，而恰恰是对于自然山水、鸟兽花草都有非常美好、温暖的观照，有生生不息、天人合一的情怀。就像这首极简、极美的《辛夷坞》：

木末芙蓉花，山中发红萼。
涧户寂无人，纷纷开且落。

这首诗出现的意象极少，极其简单，山中、涧户、芙蓉花，其他的均是空白，就像艺术的留白一样，而且语调平淡，营造了一个远离城市喧嚣的、幽独的世界。山中的芙蓉花就这样默默地开放，默默地凋落，静静无人而又有一种自然生生不息的律动，最重要的是在这里面体现了佛教的一种无我的，也是无生的观念。

芙蓉花，花开花落，生生死死，顺其自然。既没有绽放时的欢乐，也没有凋落时的悲伤，绚烂之极归于平淡。明代胡应麟称王维五绝“却入禅宗”，又说《鸟鸣涧》《辛夷坞》二诗，“读之身世两忘，万念皆寂”。（《诗薮》）这种灵性的观照，就像一首很有意味的小诗一样：

一花一世界，一沙一天堂。
掌中握无限，瞬间成永恒。

这正是禅家所赞誉的“亦空亦有、色空一如”的境界。

王维是一个非常深入禅理，但又不用禅理，却深得禅趣的人。你会发现在他的诗作当中，没有我们看到的那些关于佛禅枯燥的句子，但是他写的每一笔山水，每一处月光，每一声鸟叫，都能深深悟到其中的真趣。在这首小诗当中，我们还可以看到一点，就是在禅宗真味当中所说的“任性”。

所谓"任性"，就是不矫饰情怀，对一切的境遇都不生悲喜忧乐、不黏着，也不住于心。我们大家去寺庙的时候经常可以看到这句话："应无所住，而生于心。"这种随缘任运、淡泊清雅、随遇而安、无往而不适的情怀，就像诗中的"木末芙蓉花，山中发红萼"。这样美的一束花慢慢地生发，可是涧户里面没有人去欣赏它；它那么美地绽放，又那么静静地凋落，所有的这一切都无关悲喜，都顺其自然。

王维还有一首《终南别业》，也比较典型地表达了他的这种"因无所用心而取胜"的情怀。

中岁颇好道，晚家南山陲。
兴来每独往，胜事空自知。
行到水穷处，坐看云起时。
偶然值林叟，谈笑无还期。

兴来独往、胜事自知、行到水穷、坐看云起——这样的心境，要动则动，要止则止，任心自在，随心所欲。对身外的世界了无牵挂，超然出尘，物我两忘，对所有的外在都不会纠缠执着，正像《心经》当中所说"无挂碍故，无有恐怖，远离颠倒梦想，究竟涅槃"，就是这样一种清静自在的境界。

"静故了群动，空故纳万境"，以澄净之心映照着大千世界的动静，在虚静当中关注着大自然生生不息的律动。王维早年的豪侠义气、情深义重，和他后来的空灵淡远、冲虚清净并不违和，而恰恰同样充满了对天地间、人世间温暖观照的情怀。

这正像《菜根谭》中的一句话：

以幻迹言，无论功名富贵，即肢体亦属委形；以真境言，无论父母兄弟，即万物皆吾一体。人能看得破，认得真，才可以任天下之负担，亦可脱世间之缰锁。

谈到“虚幻”，不论功名富贵，甚至人的肉身，都是一具臭皮囊，都是虚假的。可是如果谈到真情，不论父母兄弟，甚至世间的万物都和我是呼吸相通的。人，能够看得破、认得真，才能够既承担天下的责任，也能够脱掉世间的缰索。

有一句话，叫作“不俗即仙骨，多情乃佛心”。其实恰恰说明了这一点。在佛禅的义理当中，真正直指的是一个有情的世界，而在这个有情的世界当中，禅境是一种独特的美，这种独特的美被王维捕捉到了。古典美学认为意境的最高处，即进入了不可思议的禅境，忘却了心机，忘却了物我，心境合一，神游于自然。就像王国维《人间词话》当中所说：“众里寻他千百度，蓦然回首，那人却在灯火阑珊处。”那个人，就是那个灵性触动、会心微笑的一点，就像是当年迦叶尊者在灵山会上心有妙悟、拈花微笑，不可言诠。

第六讲

清水芙蓉　天然雕饰

——孟浩然《过故人庄》

山水田园诗在中国文学发展史上占据了相当的地位，它的发展历程是怎样的呢？

可以说，山水与文学史是相始终的。追溯到文学发展的源流——《诗经》和《楚辞》的诗、骚传统，这时山水还没有成为独立的审美对象，在《诗经》中，山水主要作比兴之用。而在《楚辞》中，自然山水主要是神灵活动的背景。到了汉代，在经典的文人诗中，山水仍然作为抒情咏怀的渲染与衬托。

直至魏晋南北朝，山水诗才真正迎来了它的兴起和成型。此时，佛、道二教迅速发展，也是玄学形成最重要的时期；另外还有代表性的魏晋风流。这个时候，人们对于自己、对于天地、对于人生、对于命运，都有了一个重新的思考，对山水也有了重新的体认，与此相关，才算是真正兴起了山水和田园诗派。应该说，山水诗派的鼻祖是东晋的谢灵运，他极尽这种辞藻的运用，试图用特别精准而且美丽的词句去描绘山水。我们最熟悉的名句是“池塘生春草，园柳变鸣禽”。而与谢灵运风格迥然不同的另一位，则是作为田园诗派的宗师陶渊明。陶、谢二人的诗作风格迥然不同，谢灵运诗清词丽句，而陶渊明诗古朴淡雅。二人的出现，似乎终结了一个时代，又仿佛开启了一个时代。

时间推衍到大唐王朝，随着语言的格律之美被发现，盛唐兴发博大的气象与外在的声律和谐、遣词造句的功力结合起来，造就了诗国的高峰，迎来了山水诗派的极盛景象。在唐初，由于初唐四杰的引领，把原来六朝时期局限于宫廷池苑的狭隘诗风“从台阁移至江山与塞漠”，尽洗绮丽旖旎之态，带来清新刚健的空气。他们眼中，惊喜于大自然的雄奇秀丽；他们心中，醉心沉迷于自然山水的清新旷远；在他们笔下，山川大河变得悠远宏阔。

此后，在一代文宗兼政治家张说、张九龄等人的笔下，由于他们曾经遭受贬谪的特殊生活轨迹和人生经历，对于山水的体认当中又增加很多成分，出现奇思壮美的景象，一时间以其“天然壮丽”的审美理想引领文风，影响后来的盛唐诗人。

实际上一直到王维和孟浩然时期，山水田园诗派才算是真正形成，并且达到了高峰。王维以其空灵静美、诗画俱绝被认为是山水诗派的宗师；孟浩然和王维有相近的风格，他冲淡平和，恬静自然，独树一帜，因而在山水田园诗派的历史上常常以王、孟双称并举。

回顾了山水诗的发展历程，带来了另外一个问题：为何在盛唐诗国的高峰当中，山水田园诗派会成为一个引人注目的大宗派？一方面，由于唐代社会经济极为繁荣富庶，在盛世之下，尤其在安史之乱以前，大唐政治清明，百姓安居乐业，知识分子和官员的待遇非常好，生活条件优裕，很多人置有别业。还有一个原因，就是大唐的隐居、隐逸之风盛行，甚至成为一种时尚。那一时期的隐居绝不等同于乱世躲避战祸之类的隐居，而是一种心境清高、气质卓然的象征。

当时有一个典故叫作“终南捷径”，说的是唐代有一位官员卢藏用，问道教领袖司马承祯：“你怎么隐居得这么远，为何不隐居在终南山呢？”众所周知，终南山距离今天的西安，也就是唐代的首都长安很近。司马承祯哈哈大笑，说：“在我看来，此种隐居不过是‘终南捷径’而已。”也就是说，在终南山隐居，皇上一征召就可以下山，非常方便，这不也是一条仕宦的捷径么?

除了“终南捷径”，还有很多人“亦仕亦隐”，或者罢官，或退休后“归山买薄田”，既积极进取，建功立业；又心境从容，高雅脱俗，形成一种极为超拔通达的人生处世原则和道德人格境界。因此在这个时候，一方面，自然与社会背景无限广阔；另一方面，山川河流成了真正独立的审美对象；与此同时，在山水当中又映射了文人主体的自由心灵和独立人格，成为二者的重要象征。

讲到孟浩然，我们先来简单看一下他的生平：孟浩然（689~740），湖北襄阳人，又称孟襄阳。曾隐居鹿门山，南游江湘，北去幽州，开元十六年（728），赴长安应举，落第，结交王维、张九龄等人，开元二十五年入张九龄荆州幕，三年后病故。

对于这样一位极具知名度的大诗人，我们最熟悉的是他的这首诗，无数人从小就背诵过的《春晓》：

春眠不觉晓，处处闻啼鸟。

夜来风雨声，花落知多少？

在众多伤春悲秋的诗句当中，这首小诗却充满了一片赤子之心，充满了对春天的热爱，非常纯净自然。

诗仙李白非常崇拜和欣赏孟浩然，曾经写过一首诗赠给他：

赠孟浩然

吾爱孟夫子，风流天下闻。
红颜弃轩冕，白首卧松云。
醉月频中圣，迷花不事君。
高山安可仰，徒此揖清芬。

这首诗充满了对孟浩然的景仰和喜爱。在李白眼中，孟浩然非常潇洒，淡泊功名，经常流连于山水之间，避世隐居。

他说孟夫子的风流和气质天下闻名，年轻的时候就抛弃了那些功名利禄，到了老年，则卧于青松白云之间，洒脱自在；在月下酣然畅饮，无数次体味到酒中的美好和欢乐；沉迷于山花和草木之间，不愿意去卑躬屈膝服侍君王。孟夫子啊，真像高山仰止那样，对你流芳百世的高贵人格，我要深深地鞠躬和跪拜，才能表达心中的无限钦羡。

的确，孟浩然是众多唐代诗人当中，很少见的终身不仕的人，就是说他一辈子没有做过官。然而我们必须要明白，他绝对不是一个天生就仙风道骨、看破世事红尘、彻底隔绝俗缘的人。孟浩然其实是很愿意积极入世、读书做官、博取功名的。

提到这一点，我们需要宕开一笔，来谈一个非常有趣的现象：在中国古代，没有人是从开始就一辈子立志做诗人、做文学家、做专业的文人，写出专业的文学作品的。知识分子们真正想做的“专业”，其实是读书做官。

中国古代的观念当中，有“士农工商”之分，知识分子是社会的高层，俗话说“万般皆下品，惟有读书高”。尤其是在盛唐时代，科举制度逐步完善，因而好好读书、考取功名、得授官职，就成了很多文人的一个必走之路，也是实现人生梦想的一条非常重要的途径。当然，与此同时，“四书五经”之学、儒道释的精粹，也被古人称为身心性命之学。这种为人处世的身心修养，“穷则独善其身，达则兼济天下”的情怀，已经渗入他们的血液、灵魂和性格当中。这种灵魂和性格，一旦在仕途上结合和表现出来，就有非常不一样的气质和风韵。

在唐代进士科的取士当中，既考策论也考诗赋。策论，简单来说就是阐述个人对于政治问题的观点、看法，形成一篇政论性文章。诗赋，考的就是这个人的才华。所以这两个科目使得当时的才子们将他们的政治见解、功名梦想和个性情怀在诗、词、文中显露出来。而尤其是当人生在功名进取的过程当中出现了低谷，如被贬谪和被迫害的时候，就更引发了文人心中激荡的情怀，产生了很多流传后世的名篇。

话题回到孟浩然身上。刚才我们提到，其实他并不是一个特别淡泊功名、超然出尘的人，他在年轻的时候也有过出将入相、建功立业的梦想，这种经历和陶渊明很像。孟浩然后来诗风中的纯真质朴和陶渊明也很像。

他在二十五岁到三十五岁之间，一度在长江流域游学，并且有一个行为，叫作“干谒”。简单地说，就是古代文人为了推销自己，求得进身的机会，往往十分含蓄地向达官贵人呈献诗文，类似于现代的自荐信。文人通过这种办法展示自己的才华与抱负，让当时的知名人士、掌握一定权柄的人物了解自己，以求引荐，从而走上仕宦之路。

才子们想博取功名，希望有地位的人提携，但是又不好赤裸裸地表达，于是他们就用满腹才华和生花妙笔，委婉地表达这种情怀，这一类的诗就叫作干谒诗。孟浩然有一首非常著名的干谒诗，叫作《望洞庭湖赠张丞相》：

八月湖水平，涵虚混太清。
气蒸云梦泽，波撼岳阳城。
欲济无舟楫，端居耻圣明。
坐观垂钓者，徒有羡鱼情。

这首诗当中，孟浩然面对烟波浩渺的洞庭湖水抒发了自己的情怀，很明显地带有盛唐宏大的气象——八月的洞庭湖水烟波浩渺，那种气势仿与宇宙太极的根源接连起来。这样的湖水浩荡和云蒸霞蔚，甚至波及了云梦泽，撼动了岳阳城，使岳阳城像一叶扁舟，荡漾在水波当中。这么浩大的气势，这么雄魄的笔力，当然很引人注目。然后作者笔锋一转，说如此的盛世，如此的山水，可是我想要渡过这条河却没有船和桨。我如果在这里安静地过日子，又有愧于这个圣明的时代。看到那些钓鱼的人，我临渊羡鱼不如退而结网！这里用了很多典故，包括当年姜太公钓鱼的时候，实际上是希望周文王来接他出山，从而拯救天下苍生。所以其实孟浩然在这里非常典型地表达了自己也希望能够有贵人引荐，去有一番作为的心情。

写到这里，加一个小小的花絮，想到一首很有趣的小诗，很多人都熟悉，但是也许并没想到这也是一首干谒诗。

闺意献张水部

洞房昨夜停红烛，待晓堂前拜舅姑。
妆罢低声问夫婿：画眉深浅入时无？

这首诗的作者叫朱庆馀，他也是个大才子，当时他特别希望得到水部员外郎张籍的赏识，但是又不好直接去问你对我的印象怎么样，于是他就写了一首诗，非常巧妙。说昨天晚上入了洞房，灭掉了红烛。早晨起来到堂前拜见公公婆婆。我细致地化好了妆，非常害羞地问夫君，我画的眉毛深还是浅啊？是不是流行的时尚啊？

这首诗看起来充满了闺中乐趣，但实际上古典文学还有另外一个传统，那就是以夫妇来比喻君臣，以美人是否受宠来比喻人才能否得到君王的赏识。诗歌既然是送给水部员外郎张籍的，那就非常明显地在问，您究竟看我如何？能否值得一用？张籍一看到这首诗，立刻心领神会，马上回了一首：

酬朱庆馀

越女新妆出镜心，自知明艳更沉吟。
齐纨未是人间贵，一曲菱歌敌万金。

他说，我知道，你刚刚画好的妆容，对着镜子特别用心。你知道自己那么美，又非常含蓄；你身着华美的服饰，而且一出口唱出来的歌就值万金。这个意思是什么？就是我知道你的心思，我也特别欣赏你的才华。

如此这般的干谒诗真是用心良苦。就像孟浩然写的那一首，很明显地表明他也是一个特别想博取功名的人，但可惜的是，功名却一直没有光顾他。

孟浩然三十六岁之后，知道玄宗到了洛阳，就到洛阳来求仕，可是待了三年，毫无收获。此后他和李白结成了莫逆之交，两个人有很多交流。后来，他就到了长安参加科考，非常渴望及第，但是屡试不中。这期间又和王维成了忘年交。孟浩然在长安的时候，经常会作出非常有才华的诗赋，往往名动公卿，满座皆服。

孟浩然始终没有做官，最终隐逸山林，并且在田园中找到了他真正的心灵依托，而且以非常自然、非常恬静的笔触，成为山水田园诗派的另一位代表性宗师。

过故人庄

故人具鸡黍，邀我至田家。
绿树村边合，青山郭外斜。
开轩面场圃，把酒话桑麻。
待到重阳日，还来就菊花。

这首《过故人庄》，如果不是特意提及，几乎没有人注意它是一首五律，这种质朴的感觉就像是古风，而且非常有陶渊明的韵致。胡震亨曾经评价：

> 孟浩然诗祖建安，宗渊明，冲淡中有壮逸之气。
>
> ——《唐音癸签·吟谱》

他说，孟浩然的诗以建安文学的三曹为祖，而以陶渊明为宗；在他的诗当中，有这种古拙质朴，还有冲淡平和，而且不乏那种壮怀逸兴的气质。

“故人具鸡黍，邀我至田家。”化用了陶渊明《饮酒》之十四中的一个典型诗句：“故人赏我趣，挈壶相与至。”老朋友认为我还不错，还能和我聊到一起，就带着酒壶过来了，我们坐在这儿，开始边喝酒边聊天。孟浩然这两句同样非常清新自然，说老朋友准备了黄米饭，还有农村的小笨鸡，邀请我到他们家里头去做客。这是一种多么亲切的感觉！这种自然而又温暖的语言，仿佛抛掉了世间所有的功名利禄，身心非常安适。

接下来，“绿树村边合，青山郭外斜”。绿色的树木环抱着静谧的村庄，而青色的远山横卧在城郭之外。这种感觉特别像陶渊明所说的“久在樊笼里，复得返自然”的那种身心安适的情怀。脱离开了世间的纷纷扰扰，来到了毫无利害关系的老朋友家中。

“开轩面场圃，把酒话桑麻。”打开窗户，对着非常宽敞的小菜园和晒谷场，拿起酒杯聊聊天儿，说一说今年的收成，没有任何负累。读到这儿，有没有想起陶渊明的“结庐在人境，而无车马喧”呢？其实这里也化用了陶诗非常经典的一句：

相见无杂言，但道桑麻长。

——《归园田居·其二》

诗人和这个老朋友交谈的主题非常简单，说说农作物的生长收获，言辞质朴，没有世俗的纷争，也没有官场的尔虞我诈，而这个永恒的主题恰恰揭示了友谊的真谛。

“待到重阳日，还来就菊花。”尽情相聚、兴尽而返的时候，老朋友嘱咐说，到重阳节的那一天，你还要再来啊，我们一起再饮酒赏菊。此处特别浓重地写到了主人的殷勤，也看到了诗人眷恋农家的真切情感，还有在田园当中身心安适的那种惬意。菊花又是陶渊明的象征，“采菊东篱下，悠然见南山”。菊花也是清高、淡雅的性格的代表。

这首诗对仗工整，但是非常自然流畅；构思细腻，却又意境高远而浑然天成。写到这种农村生活、自然景色的时候，仿佛有无我之境，非常典型地体现了那种恬淡旷远的心怀，抒发了自然纯真的情致，有一种坦坦荡荡、毫无纤尘的意境。

孟浩然的诗就是这样，他虽然写山水，但是更倾向于田园风光，平淡中充满了乐趣，恬静中又有很多闲逸，清新隽永，像话家常一般简朴、亲切、无迹可寻，仿佛清水出芙蓉、天然去雕饰，确实非常接近陶渊明“豪华落尽见真淳”的意境。

第七讲

奇丽铿锵 想落天外

——岑参《白雪歌送武判官归京》

提到了“边塞”这两个字，我们常常会联想到苍茫旷远、人迹罕至，生存环境非常恶劣的区域。对于中原王朝而言，很长时间以来，边患一直是困扰着历代朝廷的一个非常令人头疼的问题。

我们常说古代周边的少数民族有蛮、夷、戎、狄，分布在南部、东部、西部、北部。边疆上的少数民族在不同的朝代有不同的称呼，比如说北部的匈奴，西部的突厥、吐蕃，西北部的西夏，东北部的契丹、靺鞨、渤海、高丽、女真等等。

古代中原王朝治理边疆的主旨是：普天之下，莫非王土，率土之滨，莫非王臣。对周边的少数民族一般都采取一种使之臣服、柔服的政策。但是周边的少数民族由于生存、发展的需要，不断向中原地区侵扰，有的甚至入主中原。伴随着这种边疆的危机，还有边患的频繁侵扰，在相应的文学创作领域反映这种边战的诗歌，就逐渐产生了。

当然，今天提到边塞诗，大家一般都会想到盛唐的边塞诗派，实际上边塞诗起源非常早，《诗经》当中已经有这样的诗歌了。比较典型的像《采薇》，描述的就是连年征战所带来的民生困扰：百姓苦不堪言，家人盼望战士归来，被征召的战士又思念家乡，心中是一种依依不舍的情感。

采薇采薇，薇亦作止。曰归曰归，岁亦莫止。
靡室靡家，猃狁之故。不遑启居，猃狁之故。

采薇采薇，薇亦柔止。曰归曰归，心亦忧止。
忧心烈烈，载饥载渴。我戍未定，靡使归聘。

采薇采薇，薇亦刚止。曰归曰归，岁亦阳止。
王事靡盬，不遑启处。忧心孔疚，我行不来。

彼尔维何？维常之华。彼路斯何？君子之车。
戎车既驾，四牡业业。岂敢定居？一月三捷。

驾彼四牡，四牡骙骙。君子所依，小人所腓。
四牡翼翼，象弭鱼服。岂不日戒？猃狁孔棘。

昔我往矣，杨柳依依。今我来思，雨雪霏霏。
行道迟迟，载渴载饥。我心伤悲，莫知我哀。

再比如汉乐府当中的《饮马长城窟行》《十五从军征》等

等，也都涉及了边疆战争，而且与民生和战士的心态息息相关。只不过在当时既没有系列的名篇，也没有代表性的诗人，还没有固定的流派。

到了唐代，迎来了诗国高峰的同时，各个流派也逐渐形成。其中边塞诗派成了整个盛唐诗歌长河当中最具风采、最壮美、最阳刚，而且最能体现泱泱大国自信的民族精神的一个诗派。

为何边塞诗只有在盛唐才成为一个流派，而且成就如此巨大呢？

中古时期的唐代，是经济最发达、国力最强盛、边防最强大，民族精神最为自信的一个时代。在这个时代当中，文人有着强烈的入仕倾向，特别渴望建功立业。当时文人出人头地有几种途径：一种是考进士，博取功名做官；另一种是进入幕府，担任相应的文职官员；还有一种就是亲自参加边战，建立功勋。

文人投笔从戎的先例自古有之，《后汉书·班超传》当中就有投笔从戎的典故：

> 永平五年，兄固被召诣校书郎，超与母随至洛阳。家贫，常为官佣书以供养。久劳苦，尝辍业投笔叹曰："大丈夫无它志略，犹当效傅介子、张骞立功异域，以取封侯，安能久事笔砚间乎！"左右皆笑之。超曰："小子安知壮士志哉！"

到了盛唐，在一种非常豪壮和自信的时代风尚中，很多文人都充满着豪气干云的志向，渴望建立一番大功业，而且都相信自己足可以拜相封侯。

唐代还有一个历史现象，那就是随着帝国疆域的扩大，受到边疆危机的干扰也越来越多。比如之前讲到的陈子昂，当时他参军就是为了出征去平定东北部契丹的营州之乱。当这个叛乱还没有完全平定的时候，唐王朝又遭遇了西部的突厥以及吐蕃等强大的反叛力量的不断侵扰，不得不再次抽调军队镇压。

整个唐代，朝廷在边疆地区的文治武功也使得文人们都跃跃欲试，觉得自己应该有机会到边境去一显身手，保家卫国。

因此，唐代文人笔下，常常可以见到那种非常关心边疆战争，艳羡雄浑豪壮之美，希望在边疆立功的心态和语句：

宁为百夫长，胜作一书生。

——杨炯《从军行》

忘身辞凤阙，报国取龙庭。
岂学书生辈，窗间老一经！

——王维《送赵都督赴代州得青字》

男儿何不带吴钩，收取关山五十州？
请君暂上凌烟阁，若个书生万户侯？

——李贺《南园十三首·其五》

当时写边塞诗的人，简单地说有两类：一类是确实亲身去过边塞，并且有参加过军旅的经历，写出了边疆非常奇特的另类风光。还有一类，是没有去过边塞，但是极为欣赏和艳羡这种军旅生涯，并且在想象当中勾画出了那种军旅生活的诗篇。

战士军前半生死，美人帐下犹歌舞！

——高适《燕歌行》

黄沙百战穿金甲，不破楼兰终不还。

——王昌龄《从军行七首·其四》

醉卧沙场君莫笑，古来征战几人回。

——王翰《凉州词·其一》

在这样的诗歌当中，很多都充满了对比和衬托，环境越恶劣，战争越残酷，越显示出将士们英勇卓绝的精神、誓死不屈的意志。当然，在边塞诗当中还写到了很多保卫国家的豪情和不取得最后胜利终不还家的强大的精神力量：

愿将腰下剑，直为斩楼兰。

——李白《塞下曲·其一》

相看白刃血纷纷，死节从来岂顾勋？

——高适《燕歌行》

读着这样的句子，我们能感受到血脉的偾张，感受到刀光剑影的凛冽，感受到一种为了国家敢于献身的崇高使命感，感受到那种铮铮铁骨的盛唐最强音。可以说，在整个盛唐的边塞诗派当中，充满了雄浑磅礴、豪放浪漫、阳刚悲壮而又非常奇伟瑰丽的色彩。而且当时写边塞诗的都是北方天才型的诗人，在他们的笔下，有大唐的盛世之音，也有那个时代特有的印记和气势，读之使人热血奔涌。

当然，在边塞诗当中，也有写到边疆的将士思念家乡，家中的妇人思念自己的亲人，以及对穷兵黩武的反思，对庸将无能的痛恨等等，这些也都属于边塞诗的内容之一。

盛唐的边塞诗当中，我们比较熟悉的有高適、岑参、王昌龄、王之涣、崔颢等等，最具代表性的人物就是高適和岑参，常常是高、岑并提，甚至边塞诗派又被称为“高岑诗派”。

高適（704～765），渤海（今河北沧州）人，曾入河西节度使哥舒翰幕府，掌书记。性格狂放不羁，早年困顿坎坷，但是后来做了高官，被封为渤海侯，官至左散骑常侍，世称高常侍。在盛唐诗人当中，他几乎是做官最高的一个，而且高適在哥舒翰的幕下任职，亲自参加过边战。因而他的边塞诗有很深刻的政治内涵，质朴、苍凉、悲壮，对于边疆将士也有很深的体恤和情感。他的代表作有《燕歌行》《别董大》《营州歌》。

燕　歌　行

汉家烟尘在东北，汉将辞家破残贼。
男儿本自重横行，天子非常赐颜色。
摐金伐鼓下榆关，旌旆逶迤碣石间。
校尉羽书飞瀚海，单于猎火照狼山。

山川萧条极边土，胡骑凭陵杂风雨。
战士军前半死生，美人帐下犹歌舞！
大漠穷秋塞草腓，孤城落日斗兵稀。
身当恩遇恒轻敌，力尽关山未解围。
铁衣远戍辛勤久，玉箸应啼别离后。
少妇城南欲断肠，征人蓟北空回首。
边风飘飖那可度，绝域苍茫更何有！
杀气三时作阵云，寒声一夜传刁斗。
相看白刃血纷纷，死节从来岂顾勋？
君不见沙场征战苦，至今犹忆李将军！

别　董　大

其　　一

千里黄云白日曛，北风吹雁雪纷纷。
莫愁前路无知己，天下谁人不识君？

营　州　歌

营州少年厌原野，狐裘蒙茸猎城下。
虏酒千钟不醉人，胡儿十岁能骑马。

高適和岑参的诗都很豪放悲壮，但两位诗人同中有异。岑参与高適不同的特点和风格体现在何处？

岑参（715～770），祖籍南阳，出生在现在的湖北江陵。他的家世非常好，祖上有人做过宰相，父亲还做过两州的刺史，但是后来家道中落。岑参幼年丧父，全靠自己苦学，在天宝三载的时候中了进士，而且还做了兵曹参军。他一共有两次深入西北边陲的出塞经历，这成为他一生中最有意义的壮举。

第一次是在天宝八载的时候，岑参也像东汉的班超那样投笔从戎。首次出塞去的是龟兹，而且当时进入的是安西四镇节度使高仙芝的幕府。从边疆回来之后，他又到了长安，和高適、杜甫等人结交唱和。到了天宝十三载的时候他再度出塞，这次去的是庭州，到了北庭都护府封长青的幕下。

这两次经历，对岑参的一生具有决定性的影响。而且他本身就是一个热衷求取功名，具有强烈入仕精神的人，曾经写过“功名须及早，岁月莫虚掷”“丈夫三十未富贵，安能终日守笔砚”这样的诗句，非常典型地表明了追求功业，羡慕豪贵的心态——当然这也是盛唐知识分子普遍的心理，而且也是岑参去边境上任的一个主要思想动机。

岑参的两次出塞是他成为边塞诗大师的绝佳经历。在岑参的边塞诗当中，尽管边塞生活非常艰苦，自然环境非常恶劣，但是却充满了那种开朗、向上的革命乐观主义精神，充满了昂扬进取的斗志。可以说，岑参的诗没有深刻的角度，但是他的作品有一个独特的特点，很多人都评价岑参的诗“奇”。

严羽《沧浪诗话》云:“高岑之诗悲壮，读之使人感慨。”殷璠《河岳英灵集》云:“参诗语奇体俊，意亦造奇。”徐献忠《唐诗品》云:“嘉州诗一以风骨为主，故体裁峻整，语亦造奇。”明人边贡更是极为推崇岑诗：“夫俊也，逸也，奇也，悲也，壮也，五者李杜弗能兼也，而岑诗近焉。”（《岑嘉州诗集·刻岑诗成题其后》）

岑参“好奇”的性情在西北独特的风光中得到了酣畅淋漓的发挥，在他的笔下，山川奇、风物奇、诗情奇，将从军边塞的豪情和苦斗安边的意志，同奇伟瑰丽的西北风光结合起来，想象丰富、形象鲜明、奇丽雄放，极富感染力。这样的特点在他的代表作《白雪歌送武判官归京》中非常明显地体现出来：

北风卷地白草折，胡天八月即飞雪。
忽如一夜春风来，千树万树梨花开。
散入珠帘湿罗幕，狐裘不暖锦衾薄。
将军角弓不得控，都护铁衣冷难着。
瀚海阑干百丈冰，愁云惨淡万里凝。
中军置酒饮归客，胡琴琵琶与羌笛。
纷纷暮雪下辕门，风掣红旗冻不翻。
轮台东门送君去，去时雪满天山路。
山回路转不见君，雪上空留马行处。

这首诗是整个边塞诗派中的代表作，它是一首七言的歌行体。天宝十三载，岑参被任命为安西北庭都护府节度使封长青的判官，就是节度使的助理。当时安西北庭都护府的治所是轮台，在今天新疆乌鲁木齐西北。这首诗中的武判官很可能是他的上一任官员。

“白草”是什么样的草呢？它又被称为芨芨草，是西域一带特有的一种非常坚韧、生命力极强，而且根茎粗壮的草。

诗的前两句，极度描摹了边塞特殊的气候、恶劣的生存环境。北风劲吹，把这种坚韧的白草都折断席卷而去，在胡地的天空，八月份就大雪纷飞。

在这样特殊的气候、恶劣的环境中，没有想到岑参却忽然浮想联翩造了一个非常奇特的句子：“忽如一夜春风来，千树万树梨花开。”仿佛平地惊雷，想落天外。

王之涣《凉州词》中曾写道：

黄河远上白云间，一片孤城万仞山。
羌笛何须怨杨柳，春风不度玉门关。

本来是“羌笛何须怨杨柳，春风不度玉门关”，但是在这里，岑参却异想天开，说仿佛这场白雪就是一夜之间春风吹过来的，而且吹开了千树万树的梨花，仿佛整个世界一下子变得温暖，充满了欣欣向荣的气息。

我们可以想见，在举目无亲的异域，两个判官一个要离任，一

个要继任，心情是很感慨，也很复杂的。但是前四句气魄宏大、胸襟坦荡，丝毫见不到扭扭捏捏的小儿女之态。

这场雪下得非常大，“散入珠帘湿罗幕，狐裘不暖锦衾薄。将军角弓不得控，都护铁衣冷难着”。白雪飘进了长官的帐幕，从珠帘中打进去，使得绫罗的窗帘都湿了，穿的狐皮的袍子也不保暖了，用锦缎做成的被褥也显得很单薄。

“瀚海阑干百丈冰，愁云惨淡万里凝。”瀚海，指的是浩渺无垠的大沙漠；阑干，指的是到处结冰纵横的样子。在外面的天地当中，沙漠结满了百丈的坚冰，万里长空凝聚着惨淡的愁云。这样极端恶劣的天气，戍边战士的艰辛不言而喻；然而也正是在这样极端恶劣的天气下，才凸显出了将士们豪气干云的悲壮情怀。

“中军置酒饮归客，胡琴琵琶与羌笛。”归客就是武判官，当他要离职时，将军设下了酒宴，为他演奏了具有西域特色的乐器，宴会一直进行到黄昏，一直到纷纷暮雪笼罩了军营的大门，红旗因为严寒冻得风都吹不动了。“纷纷暮雪下辕门，风掣红旗冻不翻。”这句话造语奇警，化用了前人的诗句：

雾烽黯无色，霜旗冻不翻。

——虞世基《出塞二首·其二》

岑参的诗句取材于此，但稍加修改就使得整体的感觉与原诗迥然不同。

诗的结尾用语特别简易，但是却充满了悠悠不断的心绪：“轮台东门送君去，去时雪满天山路。”在轮台的东门，这个位置向东去，说明他是要回到长安的。回去的路一定要经过天山，而天山的道路被茫茫白雪覆盖。但凡去过边疆的人，不管是从家乡来，还是要回到家乡去，这种送别的场景，内心都充满了复杂的感受。

我们可以看一看岑参的另外一首诗：

逢入京使

故园东望路漫漫，双袖龙钟泪不干。

马上相逢无纸笔，凭君传语报平安。

写这首诗的时候岑参还很年轻，他第一次到边疆去，第一次离开了故乡，所以内心非常感慨，因而诗的头两句还充满了一种低落的情绪。“故园东望路漫漫”，已经在去往出塞的路上了，回首远望故园，家乡路途远，慢慢地看不到了。用袖子不断地擦着眼泪，总也擦不干。在路上忽然碰到了一个要去京城的官员，两个人骑着马相逢，身边没有纸笔，只能捎一个口信，给家人报平安。这种心情在《白雪歌送武判官归京》中是怎样体现的呢？

武判官骑马东去，“山回路转不见君，雪上空留马行处”。山回路转，目送着这个人越走越远，雪地上只深深浅浅地留下了马蹄的痕迹，此时内心忽然觉得被掏空，一点凄苦、一种离别，油然而生。

这首诗并没有非常特别地遣词造句，没有雕琢、华丽之感，但它恰恰符合边塞诗的特点。因为用的是歌行体，所以一气呵成、磅礴大气，而且雄浑豪壮的情怀、热血阳刚之气贯穿天地，带来了一种强烈的视觉上的冲击，让读者大开眼界。且其音律铿锵激昂，既豪放又缠绵，充满了一种变化之美。

以写边塞诗著名的所有盛唐诗人当中，岑参的诗作是最多的，有七十多篇，而且在最后一次出塞的时候，他写下了同类题材中最优秀的作品。

走马川行奉送封大夫出师西征

君不见走马川，雪海边，平沙莽莽黄入天。
轮台九月风夜吼，一川碎石大如斗，随风满地石乱走。
匈奴草黄马正肥，金山西见烟尘飞，汉家大将西出师。
将军金甲夜不脱，半夜军行戈相拨，风头如刀面如割。
马毛带雪汗气蒸，五花连钱旋作冰，幕中草檄砚水凝。
虏骑闻之应胆慑，料知短兵不敢接，车师西门伫献捷。

这首诗也是这样一种典型的风格：极写边地之艰苦，然后借此来映衬高昂的生命意识和英雄主义旋律，而这，恰恰是铿锵有力的盛唐之音。

第八讲

千秋明月　万古边关

——王昌龄《出塞》

王昌龄身上有两个特别的名字："开天圣手"和"诗家夫子"。"诗家夫子"，就是形容他在诗界的地位就像孔子一样。那么"开天圣手"又是什么意思呢？王昌龄为什么可以得到这样高的诗家美誉呢？

王昌龄（698～757）是晋阳（今山西太原）人，也有人说他是西安人。他出生在武则天年间，生活在盛唐时代，青春年少时正逢玄宗当政。在他二十多岁时，曾在嵩山隐居学道。道教是唐代的国教，当时学仙崇道之风盛行，王昌龄的这种行为与社会风气不无关系。在二十七岁时，他第一次出塞，到过河西走廊、陇右、青海、玉门，甚至很有可能到过李白的出生地碎叶。

正是王昌龄在青壮年间出塞的经历，给了他一生很深远的影响。盛世大唐青年知识分子向往在边疆异域，立功封侯。每一个诗人都有他自己的特色，而理解王昌龄最关键的点，就是他对于盛世大唐的信仰。这几乎是贯穿他一生的最坚定的力量，是他信心和力量的源泉之一。而他也竭尽所能、忠贞不贰地歌颂大唐王朝。其实王昌龄的一生不是很顺利，遭遇过贬谪，甚至后半辈子过得很悲惨，最后因有人嫉妒他的才华而被害，但是他终其一生都没有改变自己的信仰。

盛世大唐的浪漫和理想主义色彩在当时很多文人身上都有体现，这一时期的文化性格就是——外放。像《春江花月夜》这种追问宇宙的情怀，在很多诗人的身上都能找到。他们理想坚定而且充满着必胜的信心；关心家国大事，乃至天人宇宙。从先秦诸子到魏晋风流，再到盛唐气象，这样一种精神主脉都很相似。这种天真浩大的，向外在世界探寻的特点直到关键性的历史事件——安史之乱才有所转变。

王昌龄和其他才子一样渴望建功立业，在三十岁的时候终于进士及第，在开元十五年成为秘书省校书郎。这个官职还不错，但是王昌龄并不满意，三年之后又考取了博学鸿词科，当然也登第了。在科考上进步的同时，让他失望的是在仕途上并不遂人愿。他从秘书省校书郎被贬为龙标的县尉，也就相当于今天一个小小县城的公安局长，后来又被调到河南的汜水做县尉。三年之后，在博学鸿词科，超群绝伦的王昌龄在仕途上又一再迁谪，到了江宁一个县城。因此他便有了很多名字，有人叫他王少博，因为他字少博；还有人叫他王龙标，因为他在龙标做县尉；还有人叫他王江宁，因为他做了很多年江宁丞。

他的个性就在这个时候更加明显地体现出来。有一句话叫性格决定命运，王昌龄是一个非常有才华的人，但是在历史上特别有才华的人往往孤高自傲、恃才放旷，并且特别有才华的人也往往特别不善于斡旋于官场之中，也不懂得注意细节、韬光养晦。所以当他知道自己被迁到江宁之前就很失意，放浪形骸，借酒浇愁，意气用事。他迟迟不肯去江宁报到，挨到最后期限临行时写了一首非常著名的诗，叫作《芙蓉楼送辛渐》：

寒雨连江夜入吴，平明送客楚山孤。
洛阳亲友如相问，一片冰心在玉壶。

此时正是他遭受谤议，而至亲的人又要走了，所以他的心情难以言表。在这首诗中他以冰心、玉壶来自喻，表明心迹。我们可以看到他对这个时代的公正还没有失去信心，仍然有一种忠贞节义的心态。

王昌龄年纪轻轻就名满天下，成为开元天宝年间的诗家大才子，又被称为七绝圣手，他的绝句可以与李白的相媲美，这也是“开天圣手”之名的来历。

王昌龄的写诗特点和王之涣、王翰都特别像，和高適、岑参倒不那么一致。岑参的特点是他在描写边境风光时奇伟高亢，而且自豪，有着保家卫国的情怀；而王昌龄的诗则境界阔大，简洁含蓄，让人感觉余味悠长，品味不尽。

有一个小小佳话，王昌龄和诗坛几个才子去饮酒，请歌女来助兴，王昌龄提议：“咱们在诗坛上小有名气，却没有排什么名次，那么今天我们就让歌女唱诗，谁的诗唱得最多，谁就排名第一。”同去的人都表示赞同。一个歌女就唱了两首王昌龄的诗，接下来又唱王翰、高適的诗，他们都喜形于色、相顾而笑，王之涣就说：“别着急啊。”他指着一个非常漂亮的歌女，“再听听她。”于是檀板一拍，歌声嘹亮，又唱了王之涣的名作《凉州词》：

> 黄河远上白云间，一片孤城万仞山。
> 羌笛何须怨杨柳，春风不度玉门关。

这个典故形象地写出了那个时代才子们的风貌。王昌龄在江宁做了多年的县丞，四十一岁时却又一次因事获罪，贬谪奔赴岭南。为什么他才华极高，却不断被贬谪呢？其实这也和他的个性有很大的关系，闻一多曾经说王昌龄是盛唐诗坛“个性最为显著”的两个作家之一（另一个是孟浩然）。

《唐才子传》记载王昌龄：

> 奈何晚途不矜小节，谤议腾沸，两窜遐荒，使知音者喟然长叹。至归全之道，不亦痛哉！

他不注重小节，为人出语不逊，有时把抱怨和指责的话说得特别激烈，因此经常受到他人诽谤和非议，以至于两次被贬谪到荒远之地，使真正了解他的人都喟然长叹。直到人生的最后，乃至他的去世都与这种个性导致的结果相关，让人感到十分痛惜。

王昌龄遭贬谪后遇天下大赦，北还的时候遇到李白、孟浩然，此后又和王维交往。然而在五十一岁时，又从江宁丞贬到龙标尉；五十九岁到肃宗年间离开龙标还乡，可是还乡的王昌龄却因为遭人嫉妒，被亳州刺史所杀。

虽然王昌龄命运多舛，但个性的独特和人生经历终究掩盖不住他华彩四溢的光芒，很多人给予了他极高的评价。如有人赞誉：

少伯天才流丽，音唱疏越。

明文学家王世贞言：

七言绝句，少伯与太白争胜毫厘，俱是神品。

明诗论家吴乔《围炉诗话》曰：

王昌龄五古，或幽秀，或豪迈，或惨恻，或旷达，或刚正，或飘逸，不可物色。

清文学家潘德舆《养一斋诗话》中说：

七绝第一，其王龙标乎？右丞以淡，淡而至浓，龙标以浓，浓而至淡，皆圣手也。

王昌龄诗妙在情、景、意、境浑然一体地交融，因为他真正去过边塞，所以在他诗中，大漠、雄关、孤城、长云、雪山、烽火、羌笛等种种意象都是壮美雄浑、有形与无形相融的。

其著名的代表作如《从军行·其一》：

烽火城西百尺楼，黄昏独坐海风秋。
更吹羌笛关山月，无那金闺万里愁。

诗的开头，仿佛镜头突然切换到烽火百尺楼台，在这种高大旷伟之中又显出寂寥。而在黄昏萧瑟的海风中，像剪影一样坐着一个边疆的战士，神色凝重，他究竟在想什么呢？此时忽然一段音乐插入进来，本来如此苍凉的异域，羌笛声音十分悲怆，吹的又是《关山月》的调子，更引人愁肠百转。最后一句非常突出，突然转到“无那金闺万里愁”。王昌龄怎么会突然想到万里之外的闺阁之上也有这种无尽愁绪的女子呢？就像他在《闺怨》中所说的那样：

闺中少妇不知愁，春日凝妆上翠楼。
忽见陌头杨柳色，悔教夫婿觅封侯。

本来闺中少妇是天真无邪的、快乐的，春天的时候，细致地画好妆容，登上高楼，可是看到杨柳春色，联想起自己的身世，就十分后悔让自己的夫婿去边关作战、拜将封侯。

王昌龄的七绝经典之作，就是《出塞》系列。出塞本是乐府旧题，是汉代比较典型的曲子。这个旧题本身就充满了对于边疆景色苍茫旷远的描写，以及一种征夫思乡的基调和离愁的情怀。王昌龄在这样的主题之下再一次生发出新意，选取了征戍生活中的典型画面来写将士的内心世界。他诗歌的艺术特点就是善于描写心理，用歌声、笛声来反衬痛苦，用喧嚣的战场来反衬忧愁，用残酷的战争来反衬战士们的英雄气概。诸如此类的细腻转换给了读者很多想象，也生发出许多感慨。

被喻为“唐人七绝压卷之作”的经典代表作《出塞·其一》：

秦时明月汉时关，万里长征人未还。
但使龙城飞将在，不教胡马度阴山。

开首两句气势雄浑，格调高昂。字面上是在说秦时的明月汉时的边关，但这种简单的解释完全不能言传内在的妙处，而且千百年来有很多人为了演绎其中内涵，费尽心机而又意犹未尽。

清人黄牧邨云：七字天造地设，诂训不得，只此一句，意已尽，下句申明之。

——《唐诗合解签注》

就好像天风海雨一般的神来之笔，想要仔细地研究他的字句究竟是从何而来是不可能的，只此一句就将这首诗一语道尽，其他几句无非是把它逐渐延伸而已。

在“月”和“关”的前面，加入了“秦时”和“汉时”，从时间写到空间，形成一种雄浑苍茫的独特意境，把人引向遥远的古代。秦朝时筑的长城到汉朝依然在使用，千秋万载，关山明月，悲凉无限。

第二句“万里长征人未还”。前一句无限的时间感到这里成为无限的空间感。可以说首句直跨上下千年，次句则纵横万里。这两句还有互文见义的作用，也就是说：秦时的明月，汉时的边关永远都在那里，边塞战争永远持续不断，而无数献身边疆、至死未归的人们，到底什么时候才能还家呢？

后两句："但使龙城飞将在，不教胡马度阴山。"至此由议论来点出主旨。《汉书·卫青霍去病传》载，"元光六年（前129），卫青为车骑将军，出上谷，至笼城，斩首虏数百。"笼城，颜师古注曰："笼"与"龙"同。"龙城飞将"指的是卫青奇袭龙城的事情。"飞将"指的是汉朝的飞将军李广，李广一生抗击匈奴，每次匈奴进攻汉地时，天子都派遣他为太守驻防。

诗中瞬间引入了两个如神人一般的优秀将领，到此时王昌龄仍然说的是秦汉时期的往事，然而"但使""不教"两个词，却用想象当中的美妙来反衬出现实中的无奈，以及通过对卫青和李广这种名将的钦慕之情隐隐道出其对现实些微的讽刺，有极深的言外之意。朝廷用人不当，将帅不得其人，烽火长燃，征人难还。这种感慨已经超越了秦汉甚至是王昌龄所在的盛唐本身，具有了穿越千古、引起更多人共鸣的意味。

其实绝句是十分难作的，明代王世贞《艺苑卮言》说："绝句固自难……离首即尾，离尾即首，而腰腹亦自不可少，妙在愈小而大，愈促而愈缓。"一般情况下，绝句的首句往往起的平一些，到第三句时开始意境翻新，出现波澜。而在王昌龄的诗中，首句就单刀直入，意境开阔，起调高昂。到了第三句就势一震，显得更加深远；而且简洁明快，又凝练深远，意蕴无穷，没有闲笔，手法高妙。

整首《出塞》由骨及筋，非常含蓄，而又有余味。虽然有哀婉，有叹息，有嘲讽，但并没有沮丧衰飒；整体诗风典雅、简练、清静，既有气势、气魄，又有大场景大胸怀，是真正的盛唐之音。

第九讲

痛饮这一杯生命的醇浆

——李白《将进酒》

李白是中国人最熟悉的诗人，也是盛唐最具代表性的诗人。解读李白，要从三个维度入手，叫作“酒、剑、侠”。

盛世大唐创造了几百年的辉煌，毫不夸张地说，当时的大唐帝国是世界文明中心，唐初的太宗被称为“天可汗”，在东亚的国际秩序当中有首屈一指的地位。二百余年间，大唐都是东亚的盟主，四方来朝。在此基础上创造了非常繁荣的经济、强大的军事，还有灿烂的文化。

大唐的士人——知识分子们充满着自信、刚健、豪侠、浪漫的情怀。在此期间，漫游山林之风、入幕之风、寻仙访道之风、与诗僧谈禅之风、隐逸之风盛行，在大唐很多诗人的身上都有体现，李白则更是如此。北京大学袁行霈先生曾经用这样一段话来形容李白：

李白是盛唐文化孕育出来的天才诗人，其非凡的自负和自信，狂傲的独立人格，豪放洒脱的气度和自由创造的浪漫情怀，充分体现了盛唐诗人的时代性格和精神风貌。盛唐诗歌的气来，情来，神来，在李白的乐府歌行和绝句中发挥得淋漓尽致。他的诗歌创造了、充满了发兴无端的澎湃激情和神奇想象。既有气势浩瀚、变化莫测的壮观奇景，又有标举风情神韵而自然天成的明丽意境，美不胜收。李白的魅力就是盛唐的魅力。

——《中国文学史》

我们对李白的诗歌耳熟能详，小小的孩子就会背《静夜思》：

床前明月光，疑是地上霜。
举头望明月，低头思故乡。

在这样一个众人皆知，甚至已经成了中国传统文化，以及唐诗代表性符号的人身上，却仍然有很多未解之谜。也正是这些“谜”使得李白的生平、思想、人格，以及他的作品都充满了神奇的张力，让人愿意向其中去探寻且欲罢不能。

我们先来看一看李白的生平。李白（701～762）字太白，号青莲居士，因而有很多人又称他为李太白或李青莲。一般的记载是：他的祖籍是陇西成纪，在今天的甘肃秦安。但是，他的家世和他的出生地到底在哪儿呢？有人认为他的出生地是绵州昌隆，在今天四川江邮县；也有人认为他出生在碎叶，也就是今天吉尔吉斯斯坦境内。关于李白是不是出生在碎叶这个问题，当代著名的学者郭沫若先生最早进行了考证。而且在20世纪90年代，吉尔吉斯考古学家在碎叶城发掘出来了很多文物。其中有一块唐代的石碑，上面写有安西都护府侍郎李某字样，似乎也更加证明了李氏家族在碎叶曾经居住过很久。当然，也有的学者认为李白的出身仍然是个谜。否则为什么在他存留下来的这么多诗稿和文字当中，从来就没有谈过他自己的家世和身世呢？甚至在他人的笔下竟然也从来没有出现过，似乎在唐代，这就已经是一个讳莫如深的问题。

有的学者经过考证，提出来的一些观点也很有意思。比如有人认为他是隐太子李建成之后。在玄武门兵变中，李建成是自己的兄弟李世民的死对头，最后的结局也很惨。这些学者认为，既然李白是李建成之后——流落民间的宗室之子，这样的身份就决定了他悲剧的一生。他的血脉当中流淌着祖先的基因，但他又不敢作为；他有建功立业的优秀品质，但又害怕暴露身份，所以精神和行为在庙堂之高和江湖之远两者之间首鼠两端。总体而言，从目前的一些基本情况来看，李白出身于一个家世不错且教养也非常好的家庭。他自己曾经在诗中写道，从五六岁的时候就诵读诗书，到十多岁的时候就可以读诸子百家的作品，十五岁的时候作诗作赋就已经比得过司马相如了。

除此之外，李白生活当中的另一个方面，也是非常有意味的，就是他的诗当中多次出现了“酒、剑、侠”这三个字。

结发未识事，所交尽豪雄。

脱身白刃里，杀人红尘中。

——《赠从兄襄阳少府皓》

醉来脱宝剑，旅憩高堂眠。

——《冬夜醉宿龙门觉起言志》

长剑一杯酒，男儿方寸心。

——《赠崔侍郎》

李白自己曾经说过：“十五好剑术，遍干诸侯。”（《上韩荆州书》）整个大唐时期，侠士之风特别常见，而四川则是一个特别有豪侠义气的地方。以李白的个性，再加上他受到一些纵横家的影响，所以这种任侠之气在他身上非常明显。魏颢在《李翰林集序》中说他“少任侠，手刃数人”。《唐故翰林学士李君碣记》说他“少任侠，不事产业，名闻京师”。在李白充满了奇幻浪漫、壮美色彩的一生当中，“剑”和“侠”是理解他的一个关键。

李白二十岁出头的时候，开始游历名山大川。游了峨眉山，后来又东出夔门。一直游历过洞庭、庐山、金陵、扬州，去过云梦、襄阳，后来到湖北安陆定居、结婚，开始了相对安定的生活。李白定居之后，也进行了很多“干谒”，实际上这个时期的“干谒”对于李白来说是失败的。他在开元二十四年、二十五年前后西入长安求仕，但是结果令人失望，反而看到了官场很多黑暗，心中充满了愤激不平的情绪。这些情绪在他的《蜀道难》《梁父吟》《行路难》里都有体现。

一直到了他四十岁出头的时候，在天宝元年（742），李白忽然迎来了他人生当中的高峰。这一年他被唐玄宗召进京，任供奉翰林。李白自认为这是他一生当中最光芒四射的时期。在《唐才子传》当中有这样一则记载：华山脚下有一个华阴县，这个小县城到了晚上差不多的时间总会关城门。有一天，夜色深沉，城门已经关了，却突然有人擂响城门，惊动了县官，不得不半夜升堂，让守卫把城门打开，把一个已经喝得醉醺醺的人带了进来。县官拷问他，让他写供状，说：“你写清楚你到底是什么人，为什么这么晚了还要擂响城门，而且惊动公堂？”这个人拿起笔来刷刷点点、洋洋洒洒地写了起来：我是谁？我当年“御手调羹，龙巾拭吐，贵妃捧砚，力士脱靴”……写到这大家立刻就知道这个人是谁了。

杜甫的《饮中八仙歌》中说：

天子呼来不上船，自称臣是酒中仙。

李白迎来了人生中的高光时刻，然而越来越看清了世间红尘的真相，越来越不愿意为了权贵而躬身世俗。玄宗让他做翰林待诏，虽然待遇很高，但却没有实权。一到皇上、贵妃游山玩水，宫中有大型的宴乐聚会的时候，就把李白召来现场作诗。李白越来越感觉自己的身价被贬低了，他心情很不爽，有的时候故意喝得很多，皇上来诏书也不去。勉强把他扶了去，到皇上跟前就吐了。而皇上不仅不怪罪，还“御手调羹，龙巾拭吐”，亲手调羹汤给他喝，亲自给他擦拭呕吐物。而李白则趁着酒劲，摆开了大才子的架子，还要“贵妃捧砚，力士脱靴”。杨贵妃是玄宗眼中的红人，让贵妃亲自给他捧砚台；高力士也是陪伴玄宗多年的老臣，让高力士亲自给他脱靴子。

所以在上面这个故事中，华阴县的县令一看供状，说：“哦呀，知道了，不用写了，一看就是大名鼎鼎的李太白呀！”《唐才子传》

中的这则记载，一方面写出了李白的一段才子佳话，另一个方面也非常典型地衬托了唐代诗国高潮的特点。为何在唐代，诗歌会成为一时之盛？为何不只是著名的人物去写诗，甚至街头巷尾的百姓，每一个人都在说诗和写诗呢？一方面是由于时代的发展，文学的演进；还有一个最重要的原因，就是足够有闲，足够有钱，足够有健康，足够有梦想，并且足够天真，足够有情怀——这正是大唐诗国高潮中最具深远意义的一个直接成因。

李白做翰林待诏一段时间后，由于特别不把权贵放在眼里，被谗言诋毁，在仕途上遭受打击。天宝三载的时候赐金放还，被迫离开长安，来到洛阳，遇见了杜甫，两个人结下了千古传颂的友谊。后来又遇见了高適。此后开始了长达十年的漫游。在漫游当中，李白写下了无数诗篇，其中有对朝廷的不满和失望，但是一直没有失去那种关心家国命运，积极入世，建功立业的豪情和心怀。

比如我们熟知的《将进酒》：

君不见黄河之水天上来，奔流到海不复回。
君不见高堂明镜悲白发，朝如青丝暮成雪。
人生得意须尽欢，莫使金樽空对月。
天生我材必有用，千金散尽还复来。
烹羊宰牛且为乐，会须一饮三百杯。
岑夫子，丹丘生，将进酒，杯莫停。
与君歌一曲，请君为我倾耳听。
钟鼓馔玉不足贵，但愿长醉不复醒。
古来圣贤皆寂寞，惟有饮者留其名。

陈王昔时宴平乐，斗酒十千恣欢谑。
主人何为言少钱，径须沽取对君酌。
五花马，千金裘，呼儿将出换美酒，与尔同销万古愁。

这个“酒”字，可以说是李白身上的代名词之一。李白的一生几乎跟酒离不开关系，他关于酒的诗歌太多了。甚至于后世的传说中，李白去世都是因为他喝醉了，喜欢水中非常圆满的月亮，伸手去捞月，结果溺水而死。

我们姑且列一些李白写到“酒”的诗歌：

月下独酌

其　一

花间一壶酒，独酌无相亲。
举杯邀明月，对影成三人。
月既不解饮，影徒随我身。
暂伴月将影，行乐须及春。
我歌月徘徊，我舞影零乱。
醒时同交欢，醉后各分散。
永结无情游，相期邈云汉。

其　二

天若不爱酒，酒星不在天。
地若不爱酒，地应无酒泉。
天地既爱酒，爱酒不愧天。
已闻清比圣，复道浊如贤。

贤圣既已饮，何必求神仙？
三杯通大道，一斗合自然。
但得酒中趣，勿为醒者传。

其　四

穷愁千万端，美酒三百杯。
愁多酒虽少，酒倾愁不来。
所以知酒圣，酒酣心自开。
辞粟卧首阳，屡空饥颜回。
当代不乐饮，虚名安用哉？
蟹螯即金液，糟丘是蓬莱。
且须饮美酒，乘月醉高台。

客中作

兰陵美酒郁金香，玉碗盛来琥珀光。
但使主人能醉客，不知何处是他乡。

把酒问月

青天有月来几时？我今停杯一问之。
人攀明月不可得，月影却与人相随。
皎如飞镜临丹阙。绿烟来尽清辉发。
但见宵从海上来，宁知晓向云间没？
白兔捣药秋复春，嫦娥孤栖与谁邻？
今人不见古时月，今月曾经照古人。
古人今人若流水，共看明月皆如此。

唯愿当歌对酒时，月光长照金樽里。

南陵别儿童入京

白酒新熟山中归，黄鸡啄黍秋正肥。
呼童烹鸡酌白酒，儿女嬉笑牵人衣。
高歌取醉欲自慰，起舞落日争光辉。
游说万乘苦不早，著鞭跨马涉远道。
会稽愚妇轻买臣，余亦辞家西入秦。
仰天大笑出门去，我辈岂是蓬蒿人。

金陵酒肆留别

风吹柳花满店香，吴姬压酒唤客尝。
金陵子弟来相送，欲行不行各尽觞。
请君试问东流水，别意与之谁短长。

山中与幽人对酌

两人对酌山花开，一杯一杯复一杯。
我醉欲眠卿且去，明朝有意抱琴来。

少　年　行

五陵年少金市东，银鞍白马度春风。
落花踏尽游何处，笑入胡姬酒肆中。

你会发现，在李白的诗当中，经常有“人生达命岂暇愁，且饮美酒登高楼”“金樽清酒斗十千”“笑入胡姬酒肆中”“日日需饮三百杯”“三百六十日，日日醉如泥”这样的句子。李白怎么这么能喝酒啊！一天喝三百杯，这也太夸张了吧？一方面是李白的诗具有夸张的艺术特色，还有一个方面，就是唐代的酒跟今天的酒不完全一样，有点类似于今天的酒酿，度数不是很高，所以可以连喝好多杯。但即便如此，李白也算是豪饮的人物了。

《将进酒》是一个乐府的旧题，但是李白特别善于用乐府的旧题来翻新，且翻新之作被注入了非常神奇的想象和阔大的意象，大笔纵横，令人惊叹。

“君不见黄河之水天上来，奔流到海不复回。”开首两句犹如天风海雨扑面而来。李白的作品往往能够比较典型地体现出自己的个性——非常自我，非常感性，充满了主观的意识。你会发现在李白的诗当中，很少去细致地描摹那些客观物象。他的胸襟、他的气魄、他的感慨，倾泻出来就瞬间成为一幅奇特的景象。而且李白的诗经常气魄宏大，想象力极为丰富，仿佛能吞吐山河，包孕日月一般。他对巨大的、壮观的事物特别倾心。比如大鹏、巨鱼、长鲸、大江、大河、沧海、雪山等都是他喜欢吟咏的对象；而且李白会将他们置于广阔的空间背景之下进行描绘，构成了非常雄奇壮伟的诗歌意境。

一句“奔流到海不复回”，接下来就是“君不见高堂明镜悲白发，朝如青丝暮成雪”。在李白的诗当中，常常有这样的句子，如：“白发三千丈，缘愁似个长。”“猿声催白发，长短尽成丝。”“狂风吹我心，西挂咸阳树。”真是想落天外，匪夷所思，只有天才之笔才可以写到。

仿佛黄河之水奔流到海不会回来一样，人生短暂，因此我们会对着明镜悲伤。白发突然出现，青丝忽然成雪。其实前两句和后两句也许没有必然的关系，李白之所以霹空写来一句黄河，未必一定要主动联系后半句，只不过是他内在情怀喷涌而出的言语。《沧浪诗话》中评价说，李白这种才思太过于奔腾，甚至控制不住，奔涌而出，自然地就有一种极度的冲击力和感染力。

“人生得意须尽欢，莫使金樽空对月。”这两句当中，则很明显有一点儿落寞，甚至有一点儿“今朝有酒今朝醉”的感觉。像前面所说，李白平步青云，此后又一落千丈，正是他政治上最失意的时候。而“人生得意须尽欢”，不是说自己春风得意，而是说，反正我此刻精神上也解脱了，看破了世间红尘，看破了功名富贵，感觉到前所未有的淋漓酣畅。

虽然有些低落，但我们总是会发现李白身上的巨大自信力，他挥毫写道：“天生我材必有用，千金散尽还复来。”李白所有的诗歌都有这样一个特点，他的《行路难》也是如此。《行路难》中也提到了酒：“金樽清酒斗十千，玉盘珍馐直万钱。停杯投箸不能食，拔剑四顾心茫然。”这也是在天宝三载，他受到了朝廷里的嫉妒诽谤，不为当权者所容，被赐金放还以后写的。看着杯中的美酒，看着盘中的美食，吃不下去，拔剑四顾，心中非常迷茫，也非常惆怅。“欲渡黄河冰塞川，将登太行雪满山。”仿佛前路充满了阻塞，仿佛自己要努力达到的梦想总是这样遥不可及。可是忽然笔力一宕：“闲来垂钓坐溪上，忽复乘舟梦日边。”简直就是入地升天，跨越时空，思接千载，视通万里。虽然感慨：“行路难，行路难，多歧路，今安在。”却仍然充满自信地说道：“长风破浪会有时，直挂云帆济沧海。”

行　路　难

其　一

金樽清酒斗十千，玉盘珍羞直万钱。

停杯投箸不能食，拔剑四顾心茫然。

欲渡黄河冰塞川，将登太行雪满山。

闲来垂钓坐溪上，忽复乘舟梦日边。

行路难，行路难，多歧路，今安在？

长风破浪会有时，直挂云帆济沧海。

这就是李白的个性，虽然他有时候会突然感觉到消极，甚至有一种遁世的想法。但是他内心当中主旨的思想，却是无时无刻不在积极地追求着，渴望像越过大海一样，在彼岸寻找一片光明的地方。让我们再回到《将进酒》的这一句："天生我材必有用，千金散尽还复来。"极其自负、自信，极其昂扬乐观，丝毫看不到遭受挫折之后的消极沉沦、一蹶不振。

整首诗接下来就仿佛在尽情地描述酒宴场合的快乐："烹羊宰牛且为乐，会须一饮三百杯。"又来了三百杯呀，特别豪情，大口吃肉、大碗喝酒，绝对不是那种浅酌慢饮，充满了壮美的豪气！不只如此，还要呼唤自己的朋友："岑夫子，丹丘生，将进酒，杯莫停。"写到这里笔锋一转，"与君歌一曲，请君为我倾耳听。"开始写到了酒后真情，写到了胸中的块垒。

"钟鼓馔玉不足贵，但愿长醉不复醒。"在这里，李白再一次表现出对世间之人引以为重的外物的蔑视，比如地位、权势、金钱、美食等等，在他看来，一律不放在心里，只是愿意长醉不醒。此时李白在情绪当中还是出现了一些借酒浇愁，甚至寻找精神寄托的感觉。就像他在《月下独酌·其三》当中写道：“不知有吾身，此乐最为甚。”李白想到了自己，那么积极地想要建功立业，最终还是被赐金放还了。自己一生到底能不能再成就功业呢？这也是盛唐所有诗人在心中不断敲击和拷问的一个问题。他这个时候忽然显得又有一些游戏世间的感觉：“古来圣贤皆寂寞，惟有饮者留其名。”难道一下子又藐视圣贤了吗？实际上读到后边出现的：“陈王昔时宴平乐，斗酒十千恣欢谑。”我们能明白他究竟想要说什么。

这个陈王指的是谁呢？在三国时期，曹植曾经被封为陈王。这两句话就是化用了曹植《名都篇》当中的句子：“归来晏平乐，美酒斗十千。”曹植字子建，才华盖世、风流俊赏，经常不惜一掷千金，会友豪饮，为世人所称道，但同时又被众人嫉妒。实际上他和李白的性情和遭遇有相似之处，而且都是非常感性的诗人，都有极高的才力。因此李白说当年的曹植就是这样啊！就让我们像他那样，欢宴豪饮、斗酒十千，尽情地享受此刻的人生。

“主人何为言少钱，径须沽取对君酌。”写到此处仿佛看到李白已经有些许醉态，并且跟主人说：“不要在意那些金钱的小事，只需把你的美酒拿出来，让我们一醉方休！”

“五花马，千金裘，呼儿将出换美酒，与尔同销万古愁。”这一句非常自然，毫无突兀之感。写出李白想要以五花马和千金裘来换酒的这种豪举，笔法极为有力，而且不着痕迹；让不惜用珍爱的贵重之物来换酒畅的慷慨爽快的神态活灵活现。在这种描写当中，你会发现李白的乐府和歌行体句式长短错落、音节顿挫有致，读起来绘声绘色，荡气回肠。

这一句既回应了前边说的“千金散尽还复来”，又收回到了劝友豪饮这个结尾上，戛然而止、干净利落。仿佛开头是披着风雷之势而来，到此时结尾又忽然电收雷息。

正因为李白是这样才力极其雄厚的人，所以他一出现，就像时代的骄子那样横空出世，震惊了诗坛。他的创作气携风雷，这种大手笔征服了当时的很多读者，朝野上下为之称奇。李白的挚友杜甫曾经写过这样的句子：“昔年有狂客，号尔谪仙人。笔落惊风雨，诗成泣鬼神。”而且称赞他的诗是：“白也诗无敌，飘然思不群。”说他的诗像此前的六朝时期著名的鲍照和庾信那样清新俊逸。的确，李白的诗伴随着盛唐高峰到来，他无比巨大的、盖世绝伦的艺术感染力也必将声名远播、流芳百世。

第十讲

长风万里　目送归鸿

——李白《宣州谢朓楼饯别校书叔云》

李白身上的另一个主题，叫作“仙与歌”。

“仙”是理解李白的一个关键词。当年他刚刚进入长安，初入文化圈，在京城的文人当中一石激起千层浪，让大家叹为观止。当时曾写过“不知细叶谁裁出，二月春风似剪刀”的大文豪贺知章还送了他一个雅号——谪仙人。本来贺知章已经算是一位文化名人了，但是见到李白之后，就被李白的那种风流倜傥、潇洒豪放的神采所迷倒，也被他的诗作气势折服，随即解下身上的金龟换酒，和李白不醉不归，并且称呼他为“谪仙人”。这个称呼一出口，就传遍四方，李白自己也非常喜欢这个雅号。

神仙是道教特有的信仰，道教自从汉末发端以来到魏晋南北朝时期迅速发展，丹鼎派开始逐渐成为道教的主要流派，比较典型的代表人物是葛洪，他的著作《抱朴子》认为通过合适的方法炼制服食金丹就可以飞升成仙。到了唐代，道教发展至高峰，大唐皇室李氏家族又认为老子是他们的先祖，所以追奉道教为国教，道教徒的地位非常高。伴随着道教盛行，神仙信仰之风在大唐非常兴盛，几乎我们所熟知的唐代著名文人都有过求仙访道的经历。

唐代道教最初风行的时候，主要是外丹术占主体，简单地说，就是信仰通过服食身体以外的丹药可以成仙。这一脉是继承葛洪而来，强调服食炼丹；而《抱朴子》一书在当时也是相当畅销，人们相信通过一系列的技术性环节可以修身成仙。然而到中晚唐时期，此前狂热的炼丹之风耗费了大量国力家财，很多人并没有成仙反而患疾而死；得到皇家宠幸的道士甚至扰乱朝政、违法乱纪，诸多情形受到诟病，外丹术才开始逐渐衰落下来。

如果按照今天的理解，也许我们会疑惑，文人名士这么有知识有修养，为什么还相信神仙，还要烧炼丹药？这是用今人的眼光去看古人。实际上在狂热痴迷的道教信仰中，追求的是肉身不死，是想要把有限的生命无限延长，创造无边的功业，这是对生命的极度崇拜，是生命意识的高扬。另外英国学者李约瑟博士的《中国科学技术史》当中还谈到道教对于中国科技史的卓越贡献：很多著名道士葛洪、陶弘景、孙思邈等都是中医药学专家；痴迷于烧炼丹药的道士们则意外促成了火药的研发。而对于士人——广大的知识分子来说，道教、佛教更不是一种盲目的迷信和崇拜，是其精神世界的重要构成部分。唐代的才子们以儒家精神为主导，有浓厚的入世精神，喜欢追求功名、建功立业。但是当遭受到人生的挫折失意、潦倒颓丧的时候，佛和道的精神则可以拯救、安抚他们。道教的崇尚自然、逍遥清净；佛教的通透达观、虚空无我，都成为士人精神的另一个出口。因此从唐代以来，这些大才子大文人们出入儒释道，非常自然而又自由，并没有任何的违和感。

恰恰就是从“谪仙人”这个雅号的角度，折射出李白的另一个侧面。在李白的成长过程当中，有一个绝对不能忽视的方面，即他与神仙道教的密切关系。李白从小生活在蜀地——四川一带，正是道教名山汇集的地方，他家的附近就是紫云山，也是一个道教圣地。道教的影响几乎伴随李白一生，在他的思想当中，毫无疑问，神仙道教的信仰占据了非常重要的地位。他的近一千多首诗当中，有一百多首与神仙道教有关。而且非常有必要指出的是，李白亲自接受过“道箓”，是一个正式入道的道士，他自己写过一句诗“名在方士格”，就是说他本身是像和尚出家一样入过道的；而且他炼丹服食非常认真，尤其当仕途失意的时候，就更加倾向于神仙道教。这种信仰给他一种极强的自我解脱的能力，比如人生如梦、及时行乐、融入自然、向往自由等。当然，李白最终形成了极为突出的独立不羁、来去自由的性格特点，既是道教的影响，也是他精神的高度升华。

为什么李白非常喜欢“谪仙人”这个雅号，而且这个雅号甚至预示了他的性格和人生走向呢？从字面上来看，“谪仙人”就是贬谪的仙人。在李白的身上既有了仙人的豪放、洒脱不羁、卓然不群，同时又有不得不屈服凡间俗世的特点。在日本早稻田大学学者松浦友久的著作《李白客寓意识及其诗思》当中，对这一点有着极为精彩的解读。李白从一开始就被送与谪仙之名，在他的一生当中，正像一位贬谪的仙人那样，有那种如仙人一般向往自由、随性而又自我的特点；同时，由于被贬谪，掉落凡世，又不得不生活在世间。但是他承担的种种“地上性”是暂时的，我们在他的身上很难感受到“地上性”那种做父亲、做夫君、做臣子的因素。在我们的心中，他仿佛不是一个能够笃定地完成这些身份和相关使命的人。仿佛李白只负责天马行空、独往独来，只负责潇洒出尘、孤高飘逸；这种特点使得他终究还要复归天上，无法承担种种沉重的“地上性”。

分析了李白的这种“仙”的特质之后，我们接着来分析他的“歌”。“歌”是什么呢？在李白所有的创作当中，歌行体是他最擅长写的诗歌体裁之一。魏晋南北朝以至盛唐时代，由于语言艺术的发展、诗歌格律的规范化，产生了以绝句和律诗为主的近体诗，与此相区别的诗歌就被称为古体诗或者古风，而歌行体就属于古风的一种，是以歌、行、吟、谣为题的纵行长歌。歌行体出自乐府，篇幅可长可短，韵律自由，句式灵活。李白的乐府歌行一方面用古题写当时事，一方面用古题来写自己的情怀，气势壮大、风情流动，妙处在可解与不可解之间。比如我们大家最熟悉的《蜀道难》《将进酒》，写得激情喷涌，不仅把原题的主旨发挥得淋漓尽致，还充分展现出他狂放自信的色彩；《行路难》则从语调到气势完全都是浪漫气质、磅礴文笔；而在《襄阳歌》《送单秋子》《少年行》《梦游天姥吟留别》当中，抒情意味更浓，虚实相生、大开大合、顺流直下、随意挥洒，仿佛想怎样写就怎样写。

宣州谢朓楼饯别校书叔云

弃我去者昨日之日不可留，
乱我心者今日之日多烦忧。
长风万里送秋雁，对此可以酣高楼。

蓬莱文章建安骨，中间小谢又清发。
俱怀逸兴壮思飞，欲上青天揽明月。
抽刀断水水更流，举杯销愁愁更愁。
人生在世不称意，明朝散发弄扁舟。

这首诗又是一泻千里、行云流水的感觉。“弃我去者，昨日之日不可留；乱我心者，今日之日多烦忧”“抽刀断水水更流，举杯消愁愁更愁”这样的句子令人过目不忘，但是像这种散文化的长句子的确有点儿不同寻常。你会发现，在李白的这首歌行体当中似乎犯了一般诗人轻易不敢用的大忌，重叠词特别多。一般而言，只有作者具备特别的才力和笔力，才敢不断地在诗中使用叠字，因为正常情况下反复地用叠字好像显得江郎才尽，没有什么词好用，有重复和累赘之感。李白则全然突破了这种大忌讳，这样长的句子和重复出现的叠字恰恰写出诗人非常骚动不安的心情，是全诗的感情基调。

知我者，谓我心忧。
不知我者，谓我何求？

昨日已经离我而去，今日又有诸多烦忧；然而谁又能知我懂我？前两句有停顿，又有叹息，心绪纷扰不宁，我们也仿佛被一下带入低落和烦乱。可是没想到三四句瞬间改弦更张：“长风万里送秋雁，对此可以酣高楼。”仿佛转眼之间，秋日清爽的风一下涤荡了所有烦恼，长风浩荡、秋雁成行，对着这样豪壮的场面，完全可以在万尺高楼之上放酒欢歌。

嵇康曾经写过这样的句子：

> 目送归鸿，手挥五弦。
> 俯仰自得，游心太玄。

李白的这两句正与此相合。突然之间，我们被带到了如此高远阔达的情怀当中，仿佛一下穿越了时空，俯仰之间与日月为伍，在太虚中遨游。

“蓬莱文章建安骨，中间小谢又清发。”“蓬莱文章”指的是汉魏时期的文采汉赋，“建安骨”指的是以三曹为代表的梗概多气的诗文，“中间小谢”指南北朝时期谢朓清新雅致的文风。李白特别喜欢和仰慕谢朓，他有一句诗写道：

> 解道澄江静如练，令人长忆谢玄晖。

就是化用了谢朓“余霞散成绮，澄江静如练”之句。想到心目中敬仰的才子们，畅游于千百年来的澄江，想到他们和自己一样有着壮逸洒脱的情怀，李白一时间神思飞扬、不能自已。

“俱怀逸兴壮思飞，欲上青天揽明月。”这种可上九天揽月、可引诗情入云的豪情和气质，在晚唐诗人刘禹锡的《秋词》中有类似的感觉：

> 自古逢秋悲寂寥，我言秋日胜春朝。

晴空一鹤排云上，便引诗情到碧霄。

到此处，我们满怀兴致地和李白一起登上高楼，秋风气爽、酒酣耳热、畅谈诗文、神游天地。可是转而突然又来了这样一句："抽刀断水水更流，举杯消愁愁更愁。"

在逸兴飞扬这么高的情绪点上，举杯酣饮的刹那，却出人意料的，情绪一下又跌到了冰点。这种大起大落究竟是怎样的一种感觉呢？李白就是李白，他有他自己的特点，有李白式的感情。在李白的各种诗当中，你常常会感觉到感情的突然跳转，非常自我，甚至有的时候让人难以捉摸，这就是李白的个性。他有这么大的才力，却没有被重用。他更适合做一个文学的待诏，而不是一个政客。他的情绪常常是天风海雨一般，说来就来，说走就走；高兴的时候"仰天大笑出门去，我辈岂是蓬蒿人"；失落的时候，"人生在世不称意，明朝散发弄扁舟"，彻底放手不干了。李白除了这种天真孩童式的特点之外，他也特别不善于控制自己的情绪，作为文人，这一点恰恰成就了他桀骜不驯的性格。

这种率性而为的文人性格，不只李白具有，历史上很多人都有这样的特点。就像《世说新语》中的一段：

王子猷居山阴，夜大雪，眠觉，开室命酌酒四望皎然。因起彷徨。咏左思《招隐诗》，忽忆戴安道。时戴在剡，即便夜乘小船就之。经宿方至，造门不前而返。人问其故，王曰："吾本乘兴而行，兴尽而返，何必见戴！"

王子猷是王羲之的第五个儿子，他也是非常真性情的大才子。有一天晚上大雪，他睡了一觉醒来，忽然觉得雪夜太美好了，就让仆人准备好酒，喝着喝着看到四处一片洁白，于是心里就很彷徨，便吟咏了左思《招隐》诗，忽然又想起了自己的好友戴逵。当时戴逵正在浙江的剡溪，于是王子猷立刻让人准备小船，打算乘船去找戴逵。路途遥远他却没有丝毫犹豫，在船上看着雪色，兴致盎然。经过一夜，终于到了戴逵所住的地方，然而他连门都没敲，就吩咐下人往回走吧。下人很纳闷，他说，我本来就是乘兴而来，现在我兴尽而返，又为什么要见戴呢?

同为盛唐时期的王维写过“行到水穷处，坐看云起时”，也是这样的乘兴而来，兴尽而返，毫无踪迹可寻。也只有在中古之前的知识分子中才能找到这种天真磊落、率性而为的特点。

回到李白身上，他“天子呼来不上船，自称臣是酒中仙”“安能摧眉折腰事权贵，使我不得开心颜”的风骨和情怀，在诗中尽情展现和挥洒，有时候行云突起，有时候奔似风浪，有时候细如叹息，令人惊讶感叹，却又难以追随。

《宣州谢朓楼饯别校书叔云》这首诗写到“人生在世不称意，明朝散发弄扁舟”这个结尾，仿佛我们跟随李白走过了一段心路历程，虽然这种历程大开大合、大起大落，但并非完全断开了联系，而是笔断意不绝，跳跃的同时融洽自如、酣畅淋漓，这正像是《世说新语》中王子猷雪夜见戴的乘兴而来、兴尽而返；虽然戛然而止，却又余音绕梁，三日不绝。

第十一讲

灵光闪现　瞬间定格

——李白《黄鹤楼送孟浩然之广陵》

关于李白，我们曾经提到过关于他的关键词分别叫作“酒与侠”“仙与歌”。这一讲的关键词则叫作“灵光闪现、瞬间定格”。

一代诗仙李白最擅长的诗歌体裁有两种：一种是歌行体，属于古体诗；另一种就是绝句，属于近体诗。绝句是非常难作的，对此文论家们有很多评判。

明代王世贞《艺苑卮言》：

> 绝句固自难，五言尤甚。离首即尾，离尾即首，而腰腹亦自不可少，妙在愈小而大，愈促而愈缓。

这句话的意思是：绝句本来就难，五言绝句更难。只有四句二十个字，转眼就到结尾，非常不易把握。而中间过渡又很重要，妙就妙在写得精简短小，却不失阔大的意境，读起来清新流畅、意境深远绵长。李白的绝句就有这种大气磅礴、雄奇浪漫的特点。我们从小到大背过很多李白的绝句，诸多词句耳熟能详，今天回忆起来依然是清新精致、脍炙人口。

独坐敬亭山

众鸟高飞尽，孤云独去闲。
相看两不厌，只有敬亭山。

这是一首写片刻超然意趣的小诗。很简单，一个人独坐，那种安然寂寥的状态与非常静谧的山景合二为一，冥然心会，刹那间灵性相通。作者写这首诗的时候仿佛毫不费力，而又有那种未曾说也不必说的无限情思。

早发白帝城

朝辞白帝彩云间，千里江陵一日还。
两岸猿声啼不住，轻舟已过万重山。

这种俊爽、流畅而且轻快明丽的风格，将辞别和启程的沉重离别感受一挥而去，取而代之的是一种轻舟已过万重山的快乐，有举重若轻的心境。

望 天 门 山

天门中断楚江开，碧水东流至此回。
两岸青山相对出，孤帆一片日边来。

没有畅游过神州山水的人是理解不了这首诗的，而要懂得这首诗，你的心中又要有无限山水——整个天门山仿佛从中间劈开，楚江江面立刻豁然开朗，碧水向东流至此回转，两岸青山脉脉含情，一个一个地迎接着你，而孤帆好像跟随远处的日光遥遥而来。

下面这首诗我们也非常熟悉：

望庐山瀑布

日照香炉生紫烟，遥看瀑布挂前川。
飞流直下三千尺，疑是银河落九天。

一处壮观的瀑布挂在眼前，肯定会让人感觉到震撼和惊讶。而在李白笔下，香炉山就仿佛紫烟升腾，带有一种奇妙的神韵。这瀑布挂在整个山川面前，响落天外、飞流直下，好不壮观，好像浩瀚的银河摇落人间。

正如明代胡应麟所说：

太白五七言绝，字字神境，篇篇神物。

——《诗薮》内编卷六

果然如此。李白的绝句就是这八个字“灵光闪现、瞬间定格”。这是一种什么样的感觉呢？绝句如此简洁短小，作绝句的时候如果特别遣词造句、矫情用力，就会适得其反。李白以其天纵之才，大笔挥洒，仿佛只在万千世界的瞬息之间抓住了一闪而逝的灵光，而这就成为千古绝唱。这样的特点在李白的诗中随处可见，他像一个高妙的画师，生出一双慧眼，能瞬间捕捉这大千世界精彩绝伦的一瞬，而用极为流利爽畅的语言展示出来，毫无滞碍。这是常人所不能及的，千载之后依然让人难以望其项背。

绝句体制短小，只适用于写一时一地的景色和情调，非常容易流于浅陋，所以贵就贵在含蓄。我们曾经讲过王昌龄被喻为“七绝圣手”，善于在奇绝而来的意境中描绘画面，整个诗句起伏跌宕、波澜层现。而李白浑然天成的笔触则真正是简练而又丰富，几乎可以说是达到了绝句的最高境界：清新的风格中蕴含着飘逸潇洒的风神，爽朗的性格和自由自在的气质融合在诗句中，形成了独特的李白专属的韵味。

黄鹤楼送孟浩然之广陵

故人西辞黄鹤楼，烟花三月下扬州。
孤帆远影碧空尽，唯见长江天际流。

对于这首诗我们很熟悉，但是熟悉的地方却容易忽略风景。如果静下心仔细品读，就好像老友重见，是那种古老又生新的感觉。

这首诗写在开元十六年（728），这个时候的李白还很年轻，才二十七岁，而孟浩然比李白年长十二岁。“故人西辞黄鹤楼，烟花三月下扬州。”“故人”两个字一下写出了诗人心中非常倾心、仰慕的老朋友的形象，深挚的友情溢于言表。

在唐诗中有很多关于“故人”的句子，都充满真挚的情怀。如王维《送元二使安西》："劝君更尽一杯酒，西出阳关无故人。"希望你再多喝一杯酒，到了安西都护府，走出了阳关，就再也没有推心置腹的老朋友了。杜甫《梦李白》："故人入我梦，明我长相忆。"杜甫和李白分开之后，时时刻刻都在惦记着他，做梦时李白忽然来到梦里，你知道我一直在想你吗？孟浩然《过故人庄》："故人具鸡黍，邀我至田家。"正因为是相识多年的老友，所以没有世间的那些客套，没有那么多的礼节和矫饰，准备简单的饭菜就邀我到家中长叙。

简简单单的两个字"故人"，蕴含了何等深切的情感。"故人西辞黄鹤楼"，黄鹤楼在今天湖北武昌，面对着长江，非常巍峨挺拔，它被誉为天下第一楼。在黄鹤楼上曾经产生不知多少的文人墨客的佳话。

黄　鹤　楼

崔　颢

昔人已乘黄鹤去，此地空余黄鹤楼。
黄鹤一去不复返，白云千载空悠悠。
晴川历历汉阳树，芳草萋萋鹦鹉洲。
日暮乡关何处是？烟波江上使人愁。

正是这句："晴川历历汉阳树，芳草萋萋鹦鹉洲。"写出那种空灵浩瀚、盛唐之音的境界，被后人誉为千古绝唱。李白也曾多次登临黄鹤楼，很想一展笔力，描写胸中和眼前的景观。但是当他看到崔颢题写在黄鹤楼上的诗句后，竟然搁笔叹息："眼前有景道不得，崔颢题诗在上头。”这里的黄鹤楼又像是才子聚会、畅望未来、意气风发、一竞高下的风云之地。

后游武昌，登黄鹤楼，感慨赋诗。及李白来，曰：眼前有景道不得，崔颢题诗在上头。无作而去。为哲匠敛手云。

——《唐才子传·卷一》

在李白的笔下，孟浩然是一位颇有魏晋风流气度的人，李白特别欣赏他，曾经写过一首《赠孟浩然》：

赠孟浩然

吾爱孟夫子，风流天下闻。
红颜弃轩冕，白首卧松云。
醉月频中圣，迷花不事君。
高山安可仰，徒此揖清芳。

他说：我真的太喜欢孟夫子了，他抛弃功名利禄、红尘纷扰，生活在青松白云之间。他在月光下酣畅醉饮，欣赏美丽的花朵，宁可留恋自然也不愿俯首屈就公卿。这种心态也非常像李白的“安能摧眉折腰事权贵，使我不得开心颜”。李白把孟浩然比作“高山安可仰”，对他是高山仰止般的尊敬，甘心情愿对他作揖跪拜。在李白心中，孟浩然拥有这样高的地位，当他送别旧友时，那种心情可想而知。

送别的季节，正是烟花三月，南朝丘迟《与陈伯之书》中写道：

暮春三月，江南草长，杂花生树，群莺乱飞。

此时长江沿线和长江南岸，正是阳春三月百花盛开，又在黄鹤楼这样拥有神奇传说而文人墨客云集的地方，李白送别“风流天下闻”的诗友到繁花似锦的扬州，“故人西辞黄鹤楼，烟花三月下扬州。”只这两句便描绘出让人神往的境界，被誉为“千古丽句”。

自古以来只要涉及离别总会让人黯然神伤，江淹在《别赋》中说：

黯然销魂者，唯别而已矣！

本来离别是让人伤感的事情，但是在盛唐之音中的离别，却只是“少年春衫式的哀愁”（李泽厚《美的历程》），哭哭啼啼的小儿女情怀被开阔的境界和轩昂的气势取代，令人心情随之开阔。李白写过很多送别诗：

赠汪伦

李白乘舟将欲行，忽闻岸上踏歌声。
桃花潭水深千尺，不及汪伦送我情！

明白晓畅到无以复加的地步，但是这种灵光闪现和瞬间定格找不到别的语言来替代，找不到别的词汇来描述。

送友人

青山横北郭，白水绕东城。
此地一为别，孤蓬万里征。
浮云游子意，落日故人情。
挥手自兹去，萧萧班马鸣。

在青山白水的环绕之中，我们在此告别之后，你就像一只孤单的飞蓬征途万里了。有游子的情怀也有故人的心意，挥挥手还是走了，征途上只能听到马的声声嘶鸣。余味悠长，有淡淡的忧愁，却绝不低落到无法挽救。

渡荆门送别

渡远荆门外，来从楚国游。
山随平野尽，江入大荒流。
月下飞天镜，云生结海楼。
仍怜故乡水，万里送行舟。

这竟然也是送别诗，“月下飞天镜，云生结海楼”之句，何等奇幻，意境阔大！除了李白，盛唐其他诗人也有诸多送别之句：

别董大

高适

其一

千里黄云白日曛，北风吹雁雪纷纷。

莫愁前路无知己，天下谁人不识君？

送杜少府之任蜀川

王　勃

城阙辅三秦，风烟望五津。
与君离别意，同是宦游人。
海内存知己，天涯若比邻。
无为在歧路，儿女共沾巾。

送元二使安西

王　维

渭城朝雨浥轻尘，客舍青青柳色新。
劝君更尽一杯酒，西出阳关无故人。

我们能看到，盛唐之音不仅仅是壮阔、雄伟、阳刚，还带有一种明丽、清新、毫无滞碍的清水芙蓉、天然雕饰的境界。

让我们回到李白《黄鹤楼送孟浩然之广陵》这首诗中。第三句是“孤帆远影碧空尽”，此时李白就像是一尊雕像，凝神望着孟浩然乘坐的远去的孤帆。他完全沉入到那种心绪当中，忽视了外界的一切，一直到这只白色孤帆逐渐缩小，直到与辽阔的天空、蔚蓝的江水融为一体；极目远眺，仿佛天水相接。

这样的笔力具有强大的吸引力。目送友人越走越远，在其他诗中也有体现。比如《白雪歌送武判官归京》：“山回路转不见君，雪上空留马行处。”岑参目送着武判官向远方策马疾驰，山回路转，一直到看不见他的影子，最后遥遥相望，只剩雪地上的浅浅淡淡的马蹄印迹。

再比如欧阳修的《踏莎行·候馆梅残》：“平芜尽处是春山，行人更在春山外。”一位女子在春天不得不送别自己心爱的人，这是一种什么样的感觉啊！在莽莽苍苍原野的尽头，是春日的山林，而我心中的人还在山岭之外。这种极目远眺，本来帆已不见、马已不见，但我们的双眼还在望穿秋水，望穿春山，这个人的影子依然留在我们心中。

此时李白就是这种专一、凝神，甚至到了忘我和入定的境界，那种深挚、热情和深厚的友谊激荡在这个年轻才子的胸中。

“惟见长江天际流”，到此时，看不见那只小船了，他才注意到澎湃壮阔的江流，仿佛自天上汹涌而来。《渡荆门送别》中有“月下飞天镜，云生结海楼”；《将进酒》中有“黄河之水天上来”。李白多次写到意境阔大的长江、大河、明月、朗日等等，雄奇瑰伟、想落天外。

越走越远的孤帆和长江之水天上来形成了鲜明的对比。正如俞陛云《诗境浅说》所云：“尚怅望依依，帆影尽而离心不尽。”这首诗的高妙就在这里：它的意境清新明丽，到最后是余音袅袅，绕梁不绝，情景交融。无怪乎后人评价李白的绝句是“字字神境，篇篇神物”。

只眼前景、口头语，而有弦外音、味外味，使人神远……

——《说诗晬语（上）》

他只写了眼前瞬间的景致，只用了我们最平常的口头语言，却有深远不断的弦外之音，有品味不尽的味外之味，让人神情旷远。

如果仔细推敲，李白诗歌的艺术技巧未必比别人高明多少，但他可以“以气夺人”，恰恰是这种充沛天地、浩大无垠的“气”，是李白独特的魅力。有些学者提到，李白具备了“气奇，气逸，气壮，气骨，气象，气势”。

气奇，李白创造出很多不可思议的诗歌形象，如“狂风吹我心，西挂咸阳树”，是天风海雨一般奇特的情感；气逸，李白如此热爱自由和生命，他飘逸不群，而且极有浪漫色彩，甚至有时突破格律、大笔纵横，自由地跳跃在天地之间；气壮，李白有强烈的自信心，《行路难》中“多歧路，今安在”“欲渡黄河冰塞川，将登太行雪满山”，最后突然“长风破浪会有时，直挂云帆济沧海”；气骨，李白是非常桀骜不驯的，他追求世间功名，可一旦发现与自己的主旨相违便“安能摧眉折腰事权贵，使我不得开心颜”；气象，李白的天真和热爱自然的天性，会不自觉间与自然融为一体，气象非凡，他想建功立业的抱负中也有常人不可揣度的气象；气势，李白诗的字句和音节回旋，冲突激荡，极为动感而且流畅爽利。

《新唐书》中记载：唐文宗曾下诏封“李白歌诗、裴旻剑舞、张旭草书”为三绝。

这样的“气奇，气逸，气壮，气骨，气象，气势”，造就了盛唐诗歌的最巅峰，千古回响、韵味无穷。

第十二讲

沉郁顿挫　苍凉悲壮

——杜甫《春望》

在诗歌的历史上一贯是“李杜”并称，而且李杜二人共同缔造了诗国的高潮，但是我们也有一个共同的感知，那就是李白和杜甫的风格是迥然不同的。到底不同在哪儿呢？有人说一个是浪漫主义，一个是现实主义；有人说他们一个擅长写绝句，一个擅长写律诗；有人说一个感性、一个理性等等。

虽然各种界定方法不同，但是从直观的感觉上，李白仿佛是一个天真烂漫、豪放开朗，充满着理想主义的弟弟；而杜甫则更像是一个深沉厚重、隐忍克制，特别有胸襟的哥哥。实际上，李白比杜甫还大了十二岁，那么这种两个人的差异又是怎样形成的呢？

李白的生卒年是701年～762年，杜甫的生卒年是712年～770年。简单地说，李白生活在盛唐的最高峰期，而杜甫则生活在大唐由盛转衰的时期。大家都知道这个转折期的关键点，就是安史之乱，而这一场变乱持续了八年，这场变乱使得大唐从盛唐转入中唐，给这个帝国带来了沉重打击。

而且这一场变乱也导致了整个中国文化的特点和走向都发生了改变，而杜甫就是衔接这个转变的伟大诗人。

杜甫曾经写过一首《忆昔二首》，回忆、怀念开元盛世时的那种举国富足的情景：

忆昔开元全盛日，小邑犹藏万家室。
稻米流脂粟米白，公私仓廪俱丰实。
九州道路无豺虎，远行不劳吉日出。
齐纨鲁缟车班班，男耕女桑不相失。

这是一个多么安定的富庶繁华的盛世景象，但是恰恰这种盛世在最高点上跌落，给时人带来了极为深远的影响。

唐玄宗执政后期，挥霍无度，而且又沉迷于佛道二教，不问朝政；朝廷大权先后落入奸相李林甫和杨国忠手中。李林甫先后专权十六年，此后杨国忠又独揽大权，并且不断倾轧和侵袭朝中正直的官员。党派之间争斗不断，朝廷内部分崩离析，而在社会上，王公富豪又大量兼并土地。

天宝年间的繁华背后隐藏着特别大的危机，在盛世开元之后酝酿着更大的动乱，终于在天宝十四载（755），爆发了历时八年的安史之乱。

现在我们要回忆一下杜甫的生平，以及他在安史之乱当中遭遇的变动，还有这种变动给他的诗歌所带来的冲击、影响，以及给他打上的深深烙印。

杜甫字子美，是京兆杜陵人，京兆在今天的陕西西安附近。杜甫可以说是出身名门，祖上是晋朝的名将杜预，祖父是唐初的著名诗人杜审言。这样一个书香门第，这样一个儒学传世的家庭，对杜甫的整个身心有很大影响。由此我们也可以从这个角度着重解读杜甫为什么被称为“诗圣”。“圣”是儒家的圣人，那么杜甫以儒家为主的思想倾向表现在哪些方面呢?

杜甫年轻的时候，也是一个特别有着盛世大唐气息的才子，他也是到处漫游，过着裘马轻狂的生活，喜欢饮酒、喜欢交友，也喜欢剑侠的风格。

杜甫二十岁的时候曾经南下吴越，二十四岁的时候回到了洛阳，但是没有考中进士。在三十岁的时候，他在洛阳结了婚。三十三岁那年，他遇到刚刚被赐金放还的李白，开始了一段千古传颂的友谊；此后又遇到高適，游历了泰山，留下千古名句“会当凌绝顶，一览众山小”。杜甫和这些诗界的朋友们、这些大才子们曾经一起漫游山林，谈诗论道，过着一段非常快意的日子。

杜甫本身也是一个非常有儒家抱负的人，他最经典的句子叫作“致君尧舜上，再使风俗淳”，希望能够遇到一位明君，能够赏识自己的才华，能够为这样的盛世、为这样的国家贡献自己的力量，建立一番功业。

但是可惜杜甫的这个抱负后来破灭了，他在天宝十五载到了长安，第二年又参加了由李林甫组织的一次考试。但是这个考试事实上已经事先设定，完全是一场骗局，杜甫落第了。在长安期间，他也像其他诗人一样“干谒”——希望有一些大人物了解自己的才华，能被引荐，但都纷纷落空。杜甫一直在长安待了十年，他这十年尝遍了人生的酸甜苦辣，看到了黎民百姓水深火热，也更关注国家的安危。

这段时间里，他写了很多我们非常熟悉的诗歌，比如《兵车行》《丽人行》。然而给杜甫的诗风带来最大影响的，还是刚才提到的安史之乱。《春望》就是安史之乱之后，杜甫不幸落入叛军手中，被押解到陷落的长安城时写下的一首千古名作：

国破山河在，城春草木深。
感时花溅泪，恨别鸟惊心。
烽火连三月，家书抵万金。
白头搔更短，浑欲不胜簪。

讲李白的时候，我们有三个主题："剑与侠""仙与酒""灵光闪现、瞬间定格"。今天讲杜甫，第一个主题是"沉郁顿挫"。一定要记住，这是理解杜甫诗风最关键的点，有很多著名的文学评论家都用它来概括杜甫诗歌的风格，比如《沧浪诗话》中的"子美不能为太白之飘逸，太白不能为子美之沉郁"，就非常典型地说出了李杜二人诗风的不同。我们一想起李白，就是豪放飘逸、洒脱旷达；一想起杜甫，就觉得他仿佛心中担待着苍生黎民、江山社稷，总是显得沉重一些，不够潇洒。

怎样叫作"沉郁顿挫"呢？清人方东树说：

沉郁顿挫，苍凉悲壮，随意下笔而皆具元气，读之而无不感动心脾者，杜公也。

——《唐宋诗举要》

如此深沉低回、内涵丰富、苍凉悲壮，看似下笔轻松，但是元气充足，读起来让人感觉非常具有冲击力，非常触动心怀的感觉，这就是杜甫。

再比如说陈廷焯所谈：

> 杜陵之诗，包括万有，空诸依傍，纵横博大，千变之中，却极沉郁顿挫，忠厚和平。此子美所以横绝古今，无与为敌也。
>
> ——《白雨斋词话》

杜甫的诗，仿佛能够容纳人间万象、世间万物，但并不琐碎地纠缠于那些细节，而是纵横捭阖，内容博大深远；又在千变万化之中，极尽沉郁顿挫之能事，并且体现了他忧国忧民、仁厚平和的内心，这就是杜子美能够在古今得到美名称誉，而很少有诗人和他匹敌的原因。

我们来简单地解读一下："沉"，指的就是深沉，厚而不飘。"郁"就指积蓄在胸中萦绕着的一些幽怨，这个怨、这个恨，不是指仇恨，指的是在胸中很难一下倾泻出来的遗憾。

陈廷焯有句话，非常典型地说出了他所理解的"沉郁顿挫"的特点，就是沉而不浮、郁而不薄。也就是说，杜甫感慨当时的时事，而且心中有感而发，落笔而出。本来关心国事、体恤苍生，已经在精神上占据了高点；但恰恰像这种关心国家大事、忧国忧民的情怀却不宜说破，于是就用比兴体；而比兴体又必须含而不露。如果在正当家国危亡、百姓罹难的时候，慷慨激昂地写那些理想、情怀等非常飘忽的诗句，反而是流于浅薄了。

“国破山河在，城春草木深”，《春望》首联的两句就先营造了一个苍凉又开阔的意境，而且打造了一个深沉并且含蓄的情感。“国破山河在”是一种什么样的感觉呢？特别像那种大广角镜头的俯瞰——那么恢宏的一个空间里，如此幅员辽阔的国家，此时却是山河破碎。这一个“破”字，立刻描绘出作者心中痛苦、忧郁的情感。我们仿佛从这一个字当中，就看到了诗人因为家国破碎而伤感滴血的内心。同时“国破山河在”又有很深的意味——前边的“国破”是个“抑”，压抑得心情很低；可是在此时仿佛有个画外音：山河还在，内心的这种希望还在，似乎又是一个“扬”。

国家虽然破碎，但是山河还在；山河虽然在，却经过了一场狂飙的洗礼，大唐的盛世景象已经荡然无存，而空有山河依旧，愁云笼罩。因此，这里又一次显出了“抑”。只此一句，我们已经能够感受到这种抑扬顿挫、波澜起伏。

“城春”和前一句的“国破”本身就是一个抑扬顿挫的对比。春天本来是一个给人希望、让人轻松和愉悦的季节，可是“城春”对“国破”，国家破碎、山河凋零、身世浮沉，这种春天，恰恰显得整个江山社稷一片哀颓和萧飒。

春天来了，山河大地虽然春意盎然、草木葱茏，但是此刻长安已沦陷，天子已逃奔，百姓已亡散，几乎就没有什么生灵了，因此草木疯长一片。空城的废墟、旧都的惨象，如何让人不伤感，如何让人不悲愤。

《春望》所写到的这种感觉，和杜甫其他的诗，比如《哀江头》非常相似：

哀 江 头

少陵野老吞声哭，春日潜行曲江曲。
江头宫殿锁千门，细柳新蒲为谁绿？
忆昔霓旌下南苑，苑中万物生颜色。
昭阳殿里第一人，同辇随君侍君侧。
辇前才人带弓箭，白马嚼啮黄金勒。
翻身向天仰射云，一笑正坠双飞翼。
明眸皓齿今何在？血污游魂归不得。
清渭东流剑阁深，去住彼此无消息。
人生有情泪沾臆，江水江花岂终极！
黄昏胡骑尘满城，欲往城南望城北。

山河被一片战火焚烧，家乡的父老乡亲们心灵破碎、悄声呜咽；就在此时，春天的新柳为谁而绿呢？美好的明眸皓齿又在哪儿呢？

《春望》的颔联："感时花溅泪，恨别鸟惊心。"和首联相比，首联仿佛是一种镜头由远及近地推到苍凉、悲壮，而又开阔的背景当中；而颔联则慢慢推到了主人公的特写。由大及小、由远而近、由粗而细，细致到了甚至感动，甚至幽怨，甚至惊心，也是一个跌宕顿挫。

"感时"，感于这个变乱的时局，我心悲伤，这是"抑"。而"花"字一出现，又有一个短暂的"扬"。阳春三月，姹紫嫣红，让人喜爱和陶醉。面对这样一个春天，面对这样美好绚烂的花朵，却瞬间“溅泪”，瞬间陷于无尽的悲伤，又再一次的“抑”。

“恨别”，就是这种遗憾又转向了家人远离的现实际遇，和社会、和当时的国家现状又形成了一个巨大反差。这种幽怨、这种遗憾是“抑”，而“鸟”的短暂出现又是一个“扬”。“春眠不觉晓，处处闻啼鸟。”“千里莺啼绿映红，水村山郭酒旗风。”凡是有鸟声婉转的地方，都让人感到心情愉快。但是杜甫听到鸟叫声却又“惊心”，这是“扬”之后的又一个“抑”；这种深陷贼营、心惊肉跳的感觉，更加反衬出时局的动乱。

司马光曾经品鉴过这首诗，他说：

> 古人为诗，贵于意在言外，使人思而得之……近世惟杜子美最得诗人之体，如《春望》诗“国破山河在”，明无余物矣；“城春草木深”，明无人迹矣。花鸟平时可娱之物，见之而泣，闻之而悲，则时可知矣。
>
> ——《司马温公诗话》

看似还是这样的一个国家，看似还是这样的一片山河，但实际上，战火过后已经什么都没有了。看起来城墙还在，草木还在疯狂生长，但实际上，早已经人迹全无，更显荒凉。花和鸟平时本来是可以让人感到可亲可爱的物象，见到它却哭了，听到它的声音却悲伤了，花、鸟尚且如此，人何以堪。这时读的人就更加能够理解这种时局、这种心情！

再看颈联“烽火连三月”，此时又由空间转向了时间，而这个“连”字非常典型地体现了杜甫沉郁的特点。他并没有说，战火呀你为什么还在一直燃烧？战争啊你什么时候才能够停止？但这一个“连”字，分明显示出来作者对这种连绵不断战乱的忌恨和焦虑。

烽火不断，交通就被阻隔，因此“家书抵万金”。实际上杜甫陷于叛军之手是因为他要寻找朝廷，而且恰恰由于战乱，自己已经和家人失去联系。在此时，他既关心国事，又惦记家人。“家书抵万金”深刻反映出杜甫承担着作为丈夫、作为父亲的重重责任，反映出他对家人的牵挂和担心，反映出一个不离不弃现世的真性情的诗人。

尾联“白头搔更短，浑欲不胜簪”，镜头又一次回到了作者本身、回到诗人自我的形象，而这样的尾联和颈联又有一波转折和跌宕。杜甫的这一句化用了南北朝时期鲍照《拟行路难十八首》当中的“白头零落不胜簪”，更显示出跟全诗的融合。李白写过“白发三千丈，缘愁似个长”，形容这种愁思就像满头的白发那样。而当时杜甫有多大呢？杜甫四十五岁，不仅头白了，而且又短了、稀疏了。一个动词“搔”，更是特别传神，明显地反映出诗人陷落在长安时的烦躁不堪。

“浑欲不胜簪”是对“白头搔更短”的更具体的描写，表面上看来是满腔的愁绪使得头发都落了，都稀疏了，连簪子都别不住了，实际上还有另外的一个寓意。这个寓意就是，当时战乱当中有很多朝臣马上倒向了安禄山、投向逆贼、接受伪职，杜甫说“不胜簪”，其实也应该还有另一层的含义——不管怎样穷困潦倒，我绝对不戴那个伪逆的冠带——这就更加显示出他的深沉郁结。

《春望》是一首五律，格律非常谨严，在这样的谨严当中，却能够如此气象巍峨、变换万千、规模宏大，这种气度，非杜子美之手做之不得。

第十三讲

不离不弃的热爱

——杜甫《闻官军收河南河北》

对比“李杜”，你会发现他们是多么不一样。李白是“俱怀逸兴壮思飞，欲上青天揽明月”，是飞扬、向上，充满天真的劲头。而在杜甫这里，是经历了家国离乱的中年人；因此在他的性格和诗歌当中不再有那些任性的、天真的气息，而是有了很多含蓄、萦回和深沉、顿挫的味道。

这一讲的主题，叫作“忠君恋阙”。

古人对于偌大的中华有什么认识呢？实际上他们只知道生在那个朝代，只知道有自己的君主，并没有明确的国家概念。而君王如同父亲，无数个小家构成了一个大家、大国。所以古人的“爱国”，就是忠心追随一个朝廷、一个君主。以此而论，我们就能够理解，为何以往朝代更迭时，前朝之臣往往不愿意服侍新的君主，甚至纵身自尽。君主在当时代表的就是家国，就是江山，就是社稷。“恋阙”，指怀念宫廷、宫阙，也代指留恋故国的大好河山。

杜甫被喻为诗圣，而李白是诗仙。“圣”和“仙”有什么不同呢？仙是道教的仙人，而圣则是儒家尊崇的对象。仙是什么样子呢？我们解读过李白，雅号“谪仙人”，他是空灵、自在、浪漫、随意的。就算他被贬谪到地上，也并不愿意承担作为臣子、作为夫君、作为父亲这样有沉重负担的角色，他终究要回到天上做一个自由自在、随性逍遥的仙人。

那么圣人又有什么特点呢？儒家最主要的观念，就是我们常说的“仁义礼智信”。“仁”究竟是何意？我们常常解读为“仁者爱人”“己所不欲，勿施于人”“己欲立而立人，己欲达而达人”“忠恕”“克己复礼为仁”，在儒家的境界中，“仁”是对于情感的合理把控，对自我的克制、规范和边界的建立。

什么是“礼”呢？我们常说“礼乐之邦”“礼乐文化”，“礼”并不是简单的懂礼貌、有礼节。如果用相对简洁的话来描述，“礼”是人和人之间的秩序。比如说：等级、上下、尊卑、有序。就像我们很熟悉的“三纲五常”，君臣、夫妇、父子、兄弟、朋友，每个人都有合适的位置，都有他应该遵守的职责和该负的责任。就像我们常讲的“人伦”，它规定了人和人之间的关系和距离。

儒家文化中，还有典型的与道教、佛家不同的“出将入相、建功立业”的入世观念。在杜甫身上，儒家思想占据了主导地位。我们可以看到他一直忠心于朝廷，即使在国家危难中也不忘追寻朝廷的所在。他一直想“致君尧舜上，再使风俗淳”，努力地发挥自己的才华，希望有圣明君主了解、重用自己，以改变一个地方的教化，为黎民和苍生做事。

穷年忧黎元，叹息肠内热。

——《自京赴奉先县咏怀五百字》

这样的句子在杜诗中是很常见的，从这个角度上说，杜甫非常契合诗界圣人的位置。大家可以回忆，在中国古代的历史中，万里山川，秦皇汉武、唐宗宋祖、一代天骄成吉思汗都曾征服四方，建立了无边功业。帝王如此征服天下，而圣人最核心、最根本的修养则要征服自己的内心。征服天下或许易，征服内心何其难!

我们读李白的诗，觉得开朗、爽快、大气，读起来很舒服，让人意兴飞扬。读杜甫的诗，觉得他总是一脸愁苦，而且有的诗写得太过通俗："老翁逾墙走，老妇出门看"，仿佛民间口语，这种诗美在哪呢？实际上，随着心境的转变，对美的欣赏角度是不同的。当人到中年，更多地经历了人生，更深地感受到人性，更全面地看到了个人和整体，了解了一个小家和整个国家、一己之私和顾全大局这些关系的时候，我们会更多地理解杜甫，更平和深切地感受到他那深沉又激昂，同时又恰到好处地控制显得低回而又含蓄的厚重情感。因此杜诗是很耐读、耐看的，就像茶中普洱，越久越醇，要仔细品啜才解其中之味。

如同我们先前引用的《沧浪诗话》中所说，仙和圣有大不同，李白和杜甫也是完全不一样的。比如同样是心情愉悦的时候，李白会"仰天大笑出门去，我辈岂是蓬蒿人"；转眼间就会"今朝在世不称意，明朝散发弄扁舟"。大起大落、大开大合。叶嘉莹先生在解读李白、曹植、李煜这样的文人时曾打了一个形象的比方，说他们极为感性，也正因为特别感性，成就了他们敏锐的感觉、深切的体会，能将自己一个人的悲哀写成全人类的悲哀。李白在哀愁时，他会觉得这种哀愁像一把快刀瞬间割破了肌肤，鲜血淋漓，这种鲜血能让周遭的人都感受到他的痛苦。而杜甫却将这些凌厉的痛处收藏，非常隐忍、适度，在激流宣泄中有所承托。

以前我们说杜甫是唐宋转型期诗歌的代表性人物，从杜诗里我们可以看到，在盛唐时代，文人墨客满腔热血，他们所关注的焦点有苍天、宇宙、皓月、长风、边疆、异域，很少关注内心深处细致的情感，以及现实中平凡琐碎的生活，但是在杜甫那里，一切变得不一样了。

杜甫的诗又被称为“诗史”，因为在他的诗中记载了大唐由盛转衰的过程。安史之乱中杜甫落入叛军手里并被押解到陷落的长安，他在那里目睹国破家亡、一片凌乱、山河破碎的情景，写下了《春望》。

此后，杜甫在成都有一段时间过着比较安定的生活，心情也还算不错，这一时期他写下了平时很少写到的自由自在生活的诗：

江畔独步寻花七绝句

其　六

黄四娘家花满蹊，千朵万朵压枝低。
留连戏蝶时时舞，自在娇莺恰恰啼。

绝　句

两个黄鹂鸣翠柳，一行白鹭上青天。

窗含西岭千秋雪，门泊东吴万里船。

通过这些诗句我们可以看到，此时的杜甫心情安定，也能体会到生活中些微的小幸福，而很少出现忧国忧民的愁苦之情。后来成都兵变，他又去了梓州。公元762年，发生了重大事件，这年唐代宗下令让自己的长子李适做兵马大元帅，统领各地军队讨伐逆贼史朝义。这年十月在洛阳北大败史朝义，歼敌八万人，一气收复东都洛阳。史朝义逃走之后，他手下的大将也纷纷献地投降，官军一口气收复了河南、河北十个州。公元763年，史朝义自杀，部众又献地出降。到此史朝义占领的河南、河北的各个州县基本被收复，这预示着延续八年的安史之乱基本结束。漂泊在四川梓州的杜甫听闻这个大快人心的消息后非常激动，挥笔写下了名篇《闻官军收河南河北》：

剑外忽传收蓟北，初闻涕泪满衣裳。
却看妻子愁何在，漫卷诗书喜欲狂。
白日放歌须纵酒，青春作伴好还乡。
即从巴峡穿巫峡，便下襄阳向洛阳。

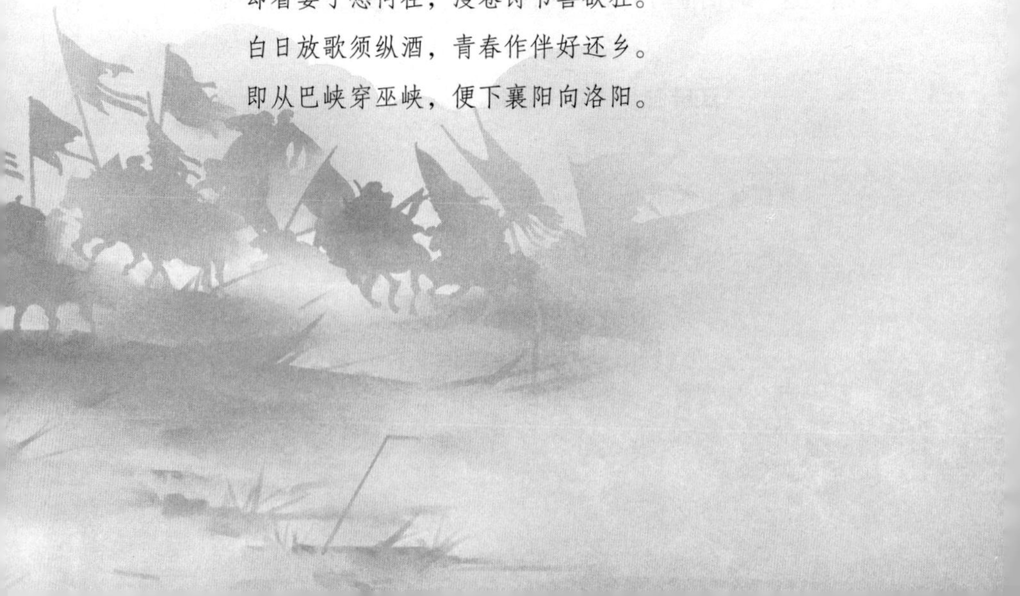

“剑外”指剑门关，这是陕西进入四川的咽喉要塞。对于一个长期生活在中原的人来说，剑门关、四川是非常遥远的地方，而杜甫就生活在异乡之地。“蓟北”是现今河北的北部地区，泛指幽州、蓟州一带，是当时安禄山、史思明作乱的根据地，这里收复标志着安史之乱的平定。身在遥远四川的杜甫突然听到来自家乡的消息，最直接最自然的反应就是“涕泪满衣裳”。“涕泪”二字何其真切，何其生动，又包含着何其丰富的内容。只有我们通过阅读更多杜甫的诗篇，才能感觉到在过去这八年中，大唐经历了一场怎样的浩劫和动乱，百姓的生活是如何水深火热，而杜甫的家庭又遭受到了怎样的离乱和悲哀。“涕泪”不是他一个人的眼泪，也不是他一家人的眼泪，更不是当下的眼泪，而是哀叹整个大唐就此由盛转衰，是感慨百姓未来依然灾难重重的眼泪。现在收复了大片失地，这种无限感慨倾泻而出，再也压抑不住，甚至把衣裳都湿透了。这消息带来了热泪，也带来了一片狂喜。

诗人禁不住老泪纵横，此时的他已经五十二岁了。激动得不知怎么办才好，回头一看自己的老伴和孩子，你们还愁什么呢？长期压抑在诗人心头的忧患、离乱的愁绪仿佛一下子都没有了。他看到自己那些走到哪里都舍不得丢弃的书，想到的却是“漫卷诗书”，想把他们都收拾起来，高兴得要发狂了。

杜甫实际上是非常喜欢喝酒的。他说，趁着这么高兴的日子我要昂首高歌，痛饮十觞。“青春”一方面指春光，一方面指忘记自己是“白头搔更短，浑欲不胜簪”的老人，仿佛自己又年轻了，我要回家啊，我要回乡啊，我要去看看被叛军蹂躏过的失地究竟变成了什么模样。此刻杜甫心情舒畅，恨不得立刻就能赶回家乡去。

想到回家，诗人一刻都等不了，甚至路线图都已经描绘好。就从梓州沿长江而下，出了巴峡到巫峡，再到武昌；从汉水北上襄阳，再一路回到洛阳。这个路程写得如此瞬、快，甚至每一句都出现了叠字来加强自己的向往，我们可以想见，杜甫在流乱的生活中，曾怎样地多次设计过回到家乡。

但是实际上，杜甫一直到死去也没有实现自己的回乡愿望。虽然他后来出了三峡，但又迁居到四川的奉节一带，也就是当时的夔州，此后又离开夔州，一直漂泊。一直到大历五年，公元770年的冬天，他永远地合上了眼睛，时年五十九岁。据说杜甫死前穷困潦倒，疾病缠身，十分凄凉。

《闻官军收河南河北》这首诗的基调在整个杜诗中是十分罕见的，甚至我们都快忘记这是一首律诗了。虽然杜甫对整首诗的遣词造句都很注意，但这种欢畅热烈的风格跟他以往的沉郁顿挫非常不一样。它非常生动地写出了杜甫当时的心情，而这种终于看到破碎的家国得到收复的心情也让他充满希望。

> 杜诗强半言愁，其言喜者，惟《寄弟》数首及此作而已。
>
> ——（清）黄生

杜甫的诗多数都写哀愁，只有少数的几首他写给弟弟的诗和这首不是这样。

八句诗，其疾如飞，题事只一句，余俱写情。生平第一首快诗也！

——（清）浦起龙《读杜心解》

这八句诗气势飞扬，文思泉涌，整个的状态也是极为顺滑流畅的。具体的事情只有一句“剑外忽传收蓟北”，其他都写了自己无法压抑的高兴之情，真是生平第一首快诗。

我们从这首诗中，看到了非常全面的杜甫，他不只写哀愁，也会体味生活，也有快乐；但是就在那样的历经劫难、家国凋零的时刻，作为一个忧国忧民的诗人，他是很难写出像李白一样天真自我的诗的。

杜甫时刻不忘关注君主，关注朝廷，关注江山，关注社稷，他绝不是写一己小我的哀伤和悲痛。多读杜诗你会发现，其实在安史之乱期间他生活得十分悲惨，甚至多次和家人离散，自己的孩子也因饥寒交迫而死，但是杜甫关注的始终是“安得广厦千万间，大庇天下寒士俱欢颜”，自己的茅屋即便被秋风吹破，他想的却是天下所有挨饿受冻的人该怎么办。这是杜诗的伟大情怀，是杜甫的伟大所在，也是千载之后我们仍然要向他致敬的原因所在。

第十四讲

千百年后的感发生命

——杜甫《春夜喜雨》

对杜甫这位伟大的诗人，我们连续进行了二讲：第一讲，我们用“沉郁顿挫”来概括他主要的风格；第二讲，我们用“忠君恋阙”来概括他的胸襟和情怀。今天是第三讲，我们用“仁民爱物”来描述他精神世界的另外一个层面。

为什么叫作“仁民爱物”呢？正如我们之前所讲过的那样，杜甫是一个以“儒家精神”为主导的诗人，他心中时刻怀有着家国观念，时刻关心着江山社稷的安危，一草一木都能关乎他心里的情感，百姓的一笑一哭都能让他为之动颜，所以我们才称之为“诗圣”。他的“仁民爱物”不只表现在非常悲怆、苍凉的诗歌当中，也有很多轻松自然，能够体会到世间万物美好的诗句，那么这类诗句在杜甫的诗中处于什么样的位置？我们又该怎么理解这个伟大诗人的这类诗句呢？

王国维曾经谈到怎样才算是一首真正的好诗好词，他说：“必须要有境界。”这是王国维《人间词话》里最为典型的一个观念，什么是境界呢？

> 故能写真景物真感情者，谓之有境界。
>
> ——《人间词话》

怎样才算是一首好诗？第一个重要的条件就是在它里面倾注了非常真挚的感情。虽然按照诗词格律、按照平仄相对，煅字炼句、搜肠刮肚，可能也会写出精致的句子，但是这仿佛是画中美丽的女子，没有真实的生命、真切的情感，而让人感觉到咫尺天涯、冷若冰霜。

叶嘉莹曾经举过这样的例子：

> 鱼跃练川抛玉尺，莺穿丝柳织金梭。

这两句诗写得极为精致，而且对偶非常工整，遣词造句都是刻意地琢磨过的，平仄相对，一点问题也没有，但是看过之后，只会让人觉得不错、很精致而已。就是因为这里面没有真切的生命和情感。

那么，是不是有真切的情感，写心中真正感觉到的景物，就是一首好诗篇了呢？实际上还有一个更重要的因素，就是作者一定要有一个伟大、高尚的人格。古今中外，但凡第一流的作品，一定有第一流的作家，而一定都是有博大的生命、宽广的襟怀，才能唤起读者的共鸣。

所谓“同情共感”，作者真正地有真感受，能感动自己，也才能够感发别人。而这种感受所谓"同情共感又不是"小我"的——如果描述自己突然好伤心、好难受，就像割破了肌肤一样的痛楚、肝肠寸断，别人会觉得你太小题大做、小家子气了。真正能够流传千古的东西，恰恰是把一己的悲哀扩展到了整个人类共有的悲哀，把个性化的东西变成人类共有的东西。必须有一个伟大的生命、博大的襟怀，这样才能够有一种感发别人的力量。就像叶嘉莹曾经说过的这句话：

> 伟大的诗人是说能把你博大的生命在艺术里做出完整而美好的传达，能够在千百年之后还带着感发的力量。
>
> ——《唐宋词十七讲》

需要有真挚的情感、伟大的人格，还需要有一种完美的艺术形式，需要有感发的生命，这样才可以糅合、凝练，才能够撞击，成就一个传世之作。当我们读到这些作品时，受到了一种冲击、浸染，让我们也仿佛深入其中，同呼吸，同感触。透过这些诗句，我们看到了宽广、高远、自由，看到了坦荡的襟怀和精神的境界。同时我们又深深为那些极为凝练、美好、准确、简洁、婉约、含蓄的字字句句所感动；并且在这当中，我们能够感觉到诗人对自然、生命、天地、家国都有着深切的、深沉的爱恋。所有这些叠加起来，带给了我们多重维度的美的享受和感发。

杜甫就是这样的诗人，在他的心中，和天下苍生是同感受共呼吸的，在他的笔下，一树一花都带着真挚的情感。我们曾经谈到过，除了他忧国忧民的沉郁顿挫之外，他曾经在四川度过一段相对安宁的时间，可以去细致、敏锐地感受生命的美好，并写下了很多优美的句子。

穿花蛱蝶深深见，点水蜻蜓款款飞。

——《曲江二首》

黄四娘家花满蹊，千朵万朵压枝低。

——《江畔独步寻花七绝句》

两个黄鹂鸣翠柳，一行白鹭上青天。

——《绝句》

像这样的诗句，绝对不是口号上喊的高大上、爱国爱民、怜惜苍生等，我们能从他的诗中，感觉到他心中的热血是心系着家国、山川、大地的。

这是杜甫的本色，这种本色体现在他所有的诗歌当中，他绝不因为经受了战乱，因为不那么潇洒，活得很颓唐，所以写得悲怆、抑郁，因此沉郁顿挫。而是他有一种宽广博大的胸襟，有的时候我们可以感觉到诗里有屈原、苏轼、文天祥、范仲淹、陆游、辛弃疾的影子。

在《论语》中有这样一个小故事：

子夏问曰："'巧笑倩兮，美目盼兮，素以为绚兮'何谓也？"子曰："绘事后素。"

子夏问老师："一个女孩笑起来酒窝很深，非常的乖巧可爱，一双眼睛顾盼生辉，眉目含情，她素颜就已经非常美好，让人感觉到特别的绚烂美丽。这是在说什么呢？"孔子说："你说的所有的一切就像是绘画这么美，而这么美的一切根源就是在'素'上面，'素'是未经染色的纯白丝绢，质地必须是纯洁的、洁白的、无私的、无瑕的，才能够绘出最美的图画。"

就像孟子所说："大人者，不失其赤子之心者也。"一个真正的英雄、真正的伟人、真正的大人物，就像杜甫被冠以"诗圣"的雅号，最关键的原因是他永远保持着这一颗真诚滚烫的赤子之心。

这样的赤子之心在杜甫的诗歌艺术中有什么体现呢？我们之前说过李白最擅长写绝句和歌行体，歌行体句式长短不一，气势恢宏，如同大江奔涌，怒涛掀空。绝句又是短小精悍，灵光闪现，瞬间定格，特别适合天才的瞬间爆发。这恰恰符合李白的性格，就是那种自由、不受约束、放浪形骸、天风海雨一般的宣泄，极度自我的创造。

而杜甫最擅长的是律诗。这种律诗的特点又和杜甫的个性、人生经历和情怀有关。律诗要求最少是八句，而且格律极为精严。首联、颔联、颈联、尾联都有相关的要求，平仄都有相关的规定，而杜甫却能够在严格的限制下运用自如；于规矩之中，而又逾于规矩之外，这是一种极高的艺术境界。

杜甫的律诗题材广泛、成就极高，《秋兴八首》可以说是杜甫律诗中登峰造极之作。

秋兴八首

其　一

玉露凋伤枫树林，巫山巫峡气萧森。
江间波浪兼天涌，塞上风云接地阴。
丛菊两开他日泪，孤舟一系故园心。
寒衣处处催刀尺，白帝城高急暮砧。

这一组律诗写在安史之乱结束后但战火依然频仍的时期，杜甫此时滞留在四川的夔州地区，只身漂泊，满身疾病，而山中的秋色引发了他的故园之思和对京华那段岁月的怀念。这种秋色牵动了一个流浪他乡的赤子的寂寞心怀，而丛菊两开，表示留在四川两载。岁月荏苒、触目心酸时，正在感念、心酸，忽然又为白帝城夜晚四处不断的砧声所惊断。

杜甫其他的律诗也都是字字句句极为斟酌，不断咏叹，又一层比一层更深化，以表现非常深沉复杂的感情。他把律诗写得纵横恣肆，极尽变化之能事，但又非常和律，看不出丝毫雕琢的痕迹。比如这首《登高》，被人誉为古今七律第一。

风急天高猿啸哀，渚清沙白鸟飞回。
无边落木萧萧下，不尽长江滚滚来。
万里悲秋常作客，百年多病独登台。
艰难苦恨繁霜鬓，潦倒新停浊酒杯。

在这首诗当中，风疾、猿啸、鸟飞、木落、滚滚而来的江水，整个境界迅速到了一种极速的流动之中，然后一声深深的叹息。这首诗在音律当中有精密的考究，而形象的流动感使得全诗变得极为顺畅，看不出特意的安排，非常精湛。

杜甫律诗的最高成就，就是可以把这种体式写得浑然无痕，无迹可寻，甚至让我们不经意间忘记了这是首律诗，比如这首极有代表性的《春夜喜雨》：

好雨知时节，当春乃发生。
随风潜入夜，润物细无声。
野径云俱黑，江船火独明。
晓看红湿处，花重锦官城。

这个“好”字在古代汉语中是特别美好之意，好雨适逢春天草木生长，而滋润万物毫无声息。首联的这两句非常自然，仿佛信手拈来，自然和律。而后两句：“随风潜入夜，润物细无声。”说春雨和风而来，不打扰人们的劳作休息，无声地、慢慢地滋润天下苍生。

颔联是非常精致的对偶，平仄合辙押韵，但是我们仍然感觉不出来斧凿痕迹。杜甫此时再一次深沉地表达出他“仁民爱物”的情怀，在春天的时候，真切地感受到了春雨贵如油的感觉。春天的夜晚，诗人已经休息了，可是听到窗外稀稀疏疏下雨的声音，心中油然升起喜悦。我们会发现，他整首诗没有一个字说喜，但处处都表现出欣然欢喜的情怀。

杜甫在卧榻之上听到雨丝之音，心情非常激动；他忍不住这种喜悦，披衣起身出门，在静静的夜里，只有船上的火还星星点点地亮着，一片怡然静谧。

尾联“晓看红湿处，花重锦官城”是一种想象，想象第二天早晨的情景：杂花生树，红艳艳、沉甸甸、饱含着雨滴的花的海洋。

这首诗写透了春雨的神韵，上四句就是流水对，无声无息，不期而来；结尾忽然又写到骤然回首的惊喜，格律谨严，浑融无痕。

说实话，杜甫的诗是不容易让人一下子亲近喜欢的，他的诗风沉郁顿挫，因为他的基调是悲慨。杜甫生活在一个动乱的时代，个人遭遇坎坷，但他心系国家安危，心系黎民苍生，所以在他的诗当中，有一种深沉的忧思。可是他的感情又是那么阔大，仿佛诗里面有一种厚积薄发的力量，每当要喷发而出的时候，那种仁者之心，那种儒家的情怀，那种厚重平和的性情，就使得激流一样喷薄欲出的悲怆被抑制住了，变得非常深沉、缓慢、低回、起伏。

杜甫在诗歌史上的地位，我们可以简单地概括为：集大成者。他集众家之所长，有沉郁顿挫，有清新高妙，有平和冲淡，也有清秀俊美，还有辞藻华丽。杜诗兼具了各种各样的风格，而这种“集大成”恰恰又是他集中了中国文化理念中最重要的品质，仁爱万物、忧国忧民。这种品质是他所有绚烂的艺术成就的最底色，也是他的最根源。

杜甫不仅是一位集大成者，而且是一位承前启后者，更是唐诗转折时期的代表，对中唐乃至宋以后的影响都是历经千载而不衰。

除了诗歌，我们从杜甫的身上还能学到什么呢?

第一，是勇于面对现实。杜甫生活在一个离乱的时代，个人的遭遇很坎坷，也很悲哀，但是他永远没有放弃自己的政治理想，永远没有放弃儒家进取的情怀，永远关怀苍生，面对现实丝毫不颓废退缩。

第二，就是坚强乐观。比如非常典型的《北征》《登楼》等等诗，写的就是那种坚强的意志。虽然产生了乱世离愁，但是他生长在盛唐，自信也植根于盛唐，他相信这种灾难不会长久，他的心中永远带着盛唐的那种精神，还要继续重整河山、建功立业。

第三，是热爱生活。就像《春夜喜雨》，一场淅淅沥沥的小雨都能够使他情不自禁，喜悦之情油然而生；就像《梦李白》，时时处处可见他对朋友真挚的情感；就像《茅屋为秋风所破歌》，即便自身落魄潦倒也要心系天下苍生。

其实不只杜甫有这些特点，很多大文人都有这样的特点。例如南宋词人辛弃疾字“稼轩”，为什么叫稼轩呢？他虽然有保家卫国、光复失地的情怀不被体会，但始终惦念着老百姓，惦记着社稷江山。“稼轩”就是从窗子里面就能够看见外面的庄稼，看到老百姓生活得好，庄稼好，他的心情就好。

一个真正的有这种热切、宽厚的情怀的人，才能够心念苍生、热爱自然、关心家国，这不是杜甫和辛弃疾个人的，而是所有的伟大的人物都具有的精神世界。

第十五讲

苍凉空旷的旅人

——刘长卿《逢雪宿芙蓉山主人》

刘长卿是在杜甫之后，从中唐过渡到晚唐时期的一个诗人。我们一般把这一时期的诗歌称为“大历诗风”，就是指大历年间至贞元年间诗人共同的特点和风貌。

沿着唐诗的长河从初唐到盛唐，你会发现生活在太平盛世的唐代诗人常常充满理想，带着自信磅礴的气势。但是经历安史之乱的重创之后，整个大唐由盛转衰，诗人群体的心态也发生了非常明显的变化。

这些大历年间的诗人，青少年时期都处于开元盛世，有盛唐文化的根基，但是长达十年的安史之乱使他们在心理上出现了特别大的变化：这种情形仿佛是一个从来不知道痛苦和哀愁的青壮年，一下子过渡到了非常深沉的中年。他们痛定思痛，感觉到了时代的颓丧，也感觉到自己衰飒的气味，失去了昂扬的风貌。虽然他们的作品还有盛唐的余韵，但是已经越来越多地渗透出孤独、寂寞和冷淡的心境。这个时期雄浑的风格也逐渐转变成看似清高、淡远，实际上却十分寂寥、衰颓的味道。

从很多诗人的诗歌之中我们都能感觉到这种变化，列举一位比较有名气的诗人——韦应物。

韦应物生长于开元年间，少年时期有任侠的豪气，早年的这首《寄畅当·闻以子弟被召从军》，明显带有盛唐气象：

丈夫当为国，破敌如摧山。
何必事州府，坐使鬓毛斑。

当经历了安史之乱的浩劫和风雨，加之他个人经历了离职、贬谪的颠簸生涯，后期那种昂扬慷慨、保家卫国的气势就消失了，而带有一种仿佛看破世事、无所谓的散淡。

滁州西涧

独怜幽草涧边生，上有黄鹂深树鸣。
春潮带雨晚来急，野渡无人舟自横。

这首诗看起来非常宁静雅致，有闲适的田园山野之趣，但是在这样的田园山野之趣中却有一种透过字字句句都渗透出的、无法排遣的冷落和寂寞的情怀，甚至有空寂、遁世的倾向。

同样是写空灵、静美、隐逸，王维、孟浩然与此不同。在盛唐时期的山水小品里面，有平和的心灵和涵纳天地宇宙的情怀，所以他们虽然空灵却不空寥。比较之下，“野渡无人舟自横”就显出了无边的空旷、孤独和诗人那种无所谓的心态。

在这段时期，整个诗坛的诗风都有这种特点。安史之乱不仅是大唐由盛转衰的标志，也是思想文化由唐向宋转型的标志。在袁行霈的《中国文学史》中有这样的比喻：

> 这场战乱就像一股突起的凌冽寒风，霎时就把人们刮进了万木凋零的萧瑟秋季，在世人的心里投下了浓云密布的巨大的阴影。

所以，我们在大历诗人的身上往往能感觉到一种无声的叹息和让人觉得清冷、苍凉又落寞的情调。

在这个时期，世人的心态，用现在流行的话讲就叫作“孤独寂寞冷”。刘长卿的诗歌在此间非常有代表性。他命运十分坎坷，幼时家境贫寒，刻苦读书考了十年也没有考得进士，后来好不容易考中当官后，又因刚直不阿被人诽谤入狱，两度遭受贬谪，一生中很多时候在逆境中度过。

当然，这样的经历并不会只出现在刘长卿身上。但是每个人经历低谷或是命运挑战的时候反应是不一样的。例如刘禹锡和柳宗元的反应就很不同。刘禹锡能够十分豪爽地调侃自己“沉舟侧畔千帆过，病树前头万木春”；柳宗元却十分压抑，很难释怀，写道“海畔尖山似剑铓，秋来处处割愁肠”。又比如苏轼，他的一生也十分坎坷，不断被贬谪，但在他的诗词中我们常常感受到的是一种旷远、磊落和豁达的情怀，甚至带着幽默，令人放松。

刘长卿在遭遇人生的逆境时的反应是郁郁寡欢，他的诗也就一直带有清冷、惆怅、衰飒的调子，读起来十分凄清悲凉。下面这首诗的意境很容易将我们带入孤独和悲愁中。

重送裴郎中贬吉州

猿啼客散暮江头，人自伤心水自流。
同作逐臣君更远，青山万里一孤舟。

他和送别的朋友同病相怜，带有无尽的伤感和孤独，这种意象在刘长卿的诗歌中不断出现。我们曾讲到过陈子昂，他也面临过生不逢时、才华得不到重用的处境，也感慨“前不见古人，后不见来者。念天地之悠悠，独怆然而涕下”。闻一多先生说“在他的诗中体现出了一种伟大的孤独感”，而陈子昂的孤独感和中唐时期的这种寥落寂寞的孤独感是有很大的不同的。

再来看看刘长卿的其他几首诗：

送李录事兄归襄邓

十年多难与君同，几处移家逐转蓬。
白首相逢征战后，青春已过乱离中。
行人杳杳看西月，归马萧萧向北风。
汉水楚云千万里，天涯此别恨无穷。

饯别王十一南游

望君烟水阔，挥手泪沾巾。
飞鸟没何处，青山空向人。
长江一帆远，落日五湖春。

谁见汀洲上，相思愁白蘋。

使还七里濑上逢薛承规赴江西贬官

迁客归人醉晚寒，孤舟暂泊子陵滩。

怜君更去三千里，落日青山江上看。

在刘长卿的这些送别诗中，经常出现灰白色的色调，天涯恨离别，挥手泪沾巾，相思愁苦，万里孤舟。同样是送别诗，先前提到王勃的“海内存知己，天涯若比邻。无为在歧路，儿女共沾巾”，境界阔大、气势豪迈。但在大历年间的送别诗中，取而代之的则是自己细腻的感受，这跟初唐、盛唐的情调已经全然不同。

刘长卿的五言诗写得很好，曾自诩为“五言长城”，他十分经典的五绝，就是下面要讲的《逢雪宿芙蓉山主人》：

日暮苍山远，天寒白屋贫。

柴门闻犬吠，风雪夜归人。

“文学就是人学”，当每一首诗、每一个句子摆在面前时，就像一扇窗子，我们可以透过这小小的几行字看到一个世界。有的世界让我们感到清新，有的世界让我们感到空灵，有的世界让我们感到高远，有的世界让我们感到豪爽，有的世界让我们感到浪漫，有的世界则让我们感到忧愁……

当我们推开刘长卿诗的窗子，看到了色调灰白、苍凉、旷远、淡泊又空荡的世界。

“日暮苍山远，天寒白屋贫。”对仗工整，营造出暮色苍茫、山高水远的氛围。天色已经暗了，苍山在遥远的地方。在暮色中，天涯孤旅的行人匆匆赶路，而远山遥遥、征途迢迢，加深了异乡游子孤独的感受。一个点睛的“远”字，虽未直接抒情，但这种烘云托月的手法却表现出怅惘的羁旅情怀。透过简单的几个字，我们仿佛可以听到孤独的旅人在途中沉重的叹息，看到他的劳累和不知何时能有投宿之地的无奈，感受到他凄凄惶惶的心情。

前两句不仅在色调上体现出了冷色，“天寒”也体现了温度的冷，好像让人不自觉地瑟缩起来。“白屋”就是茅草屋或者是没有装饰过的屋子，也可能指落雪之后的山间小屋，总之是一座普通的山里人家的屋子，有简朴、清贫的感觉。“天寒”“白屋”本就冷落萧条，又一点睛之笔“贫”，表达了作者发自内心的哀叹，原来天下还有这么多人生活在贫瘠、寂寥的环境之中。

这两句工整的对偶之后，作者终于赶到小屋子并且投宿下来。他并没有写到住下来的种种情景，却用一个小小细节“柴门闻犬吠，风雨夜归人”来体现。有人解释说，当刘长卿来到山里，这个小屋并没有人住，他就进去避寒了，到了深夜主人才回来。也有人解读到：刘长卿投宿进小屋之后犬吠，主人外出又夜归。

“柴门”回应了前句的“白屋”，整个深山暮色苍茫，十分寂寥。这样一个简陋的山间小屋，突然的犬吠使得黑夜更加深沉，也让长期处于旅途的诗人骤然心惊。王维也写过深山中突然发出的声响：“月出惊山鸟，时鸣春涧中。”月亮升空，鸟儿受惊飞起，抖动的翅膀发出的声响更加衬托出山林的空旷，然而王维笔下的声响却与这首诗中突然的犬吠有着完全不同的感觉。刘长卿的诗当中有寒冷，甚至有些凄厉，但对于一个处于长途十分疲惫的旅人来说，也许还有不一样的温暖吧。

整个诗高度概括而凝练，在“风雪夜归人”处戛然而止，如果说他终于投宿到了这间屋子，抑或这间屋子的主人回来了，又会是怎样的一种感觉呢？会不会感觉温暖些，他和主人会不会畅谈到天明呢？可这些都没有写，只是给人留下回味无穷的想象。

方回说：

> 细淡而不显焕，当缓缓味之，不可造次一观而已。
>
> ——《唐音癸签》

这也从另外一个角度显示，刘长卿非常注重细节，而这就是中唐诗人的一个变化——不再有盛唐诗人阔大、高远的眼光和意境，也没有特别张扬活泼、昂扬的力量，所以他的诗需要沉下心缓缓体味。

大历年间除了上文提到的刘长卿、韦应物，还有十位诗人所代表的一个诗歌团体——大历十才子。姚合《极玄集》和《新唐书》载：十才子为李端、卢纶、吉中孚、韩翃、钱起、司空曙、苗发、崔峒、耿沣、夏侯审。

总体来说，这十位诗人和刘长卿、韦应物的风格大体相同，已经明显地有中唐的气息——努力想做到清新但却清淡；努力想做到旷远但却空旷；努力想做到平和但却寂寥……

下面是这一时期两首代表性诗歌：

江村即事

司空曙

钓罢归来不系船，江村月落正堪眠。
纵然一夜风吹去，只在芦花浅水边。

寒食日即事

韩　翃

春城无处不飞花，寒食东风御柳斜。
日暮汉宫传蜡烛，轻烟散入五侯家。

如果简单地把包括刘长卿在内的这一时期的诗人和诗风做以总结，那就是：给盛唐带来重大打击的安史之乱毁掉了这一代士人充满青春气息、意气风发的情怀，留给他们的是希望的幻灭。在此时盛唐昂扬奋发的慷慨气势已经远去，只留下不绝于耳的余响。中唐平心静气的孤寂，是看似清高的冷漠和散淡，这种氛围弥漫了整个诗坛。

第十六讲

雄奇怪异中的小清新

——韩愈《早春呈水部张十八员外》

安史之乱后，整个唐代的精神面貌，以及诗人的风骨、诗歌的感觉已经有了变化，由原来特别昂扬、特别雄壮、特别自信的状态，转向了一种衰飒、一种萧瑟、一种冷淡。

在此之后，到了唐德宗、唐穆宗以及唐宪宗年间，唐代的国力有了一定程度的恢复，出现了短暂中兴，而伴随着这样的变化，诗歌也开始出现了另一个高潮。和盛唐不一样的是，这个时期虽然也有很多名家，也有很多流派，但是诗的风格整体上跟此前不一样了。韩愈就是这一时期代表性的诗人之一。

韩愈（768 ~ 824）字退之，祖籍河北昌黎。所以后人就叫他韩昌黎；他死后的谥号是“文”，后人又称他韩文公。

古人所说的谥号，是在人过世之后，对他生前的为人、学养、品德做的一个综合评定，即用简短的一个字或几个字来做一个终身定论。韩愈的谥号是“文”，可以想见他被后人誉为一代文宗的身份和地位。

韩愈是唐宋八大家之首，是古文运动的倡导者。他出生在河阳，也就是今天河南的焦作。韩愈的祖辈都是做官的，是一个官宦之家，而且家境还不错。可惜他的父亲去世很早，韩愈在三岁的时候就成了孤儿，哥哥嫂子收养了他。可是后来他哥哥也突然去世了，嫂子把他培养成人。在这种家世当中，韩愈特别懂事，从小的时候就刻苦读书，很早就把“四书五经”都读完了，而且出口成章，也是一个神童。他的嫂子知书达礼，尽心尽力辅导他。当韩愈学问逐渐增多之后，嫂子鼓励他去当时的东都洛阳见见世面，求求学。

韩愈十九岁的时候开始了游历求学、追求功名。在古代，一个知识分子的人生历程基本是“经得十年寒窗苦，一朝金榜题名时”。尤其是从隋唐起确立了科举制度，而且越来越成熟之后，刻苦读书、考科举、中进士、得授官职，几乎是每一个年轻士子的终极梦想，韩愈也不例外。

当他十九岁来到京城之后，早年刻苦攻读所积累下来的深厚学养，以及他勤于训练的语言和文字功力，很快在京城的文化圈当中显露头角。但是韩愈科考路途不太顺利，他一共考了四次，直到最后才登第考中进士。在韩愈科考过程中还有一个很有意思的波折：当年韩愈很早就显示出他对于文学革新的认识。在中晚唐时期，初唐和盛唐的文人倡导起来的那种境界阔大、气骨高扬、非常有风格的诗文逐渐又被华丽、旖旎的文风所取代，大家又开始追求骈体文的声律、对偶、堆砌辞藻。韩愈对此非常不赞同，他觉得这样的文章没有生命。他特别喜欢先秦诸子的散文，所以就非常主观地把自己的想法应用到行文当中去。据说有一次考试的主考官是陆贽，当时出的题目叫作《不迁怒、不贰过》，韩愈就把他对这个观点的主张用古文的笔法写了下来，行文非常流畅。但是主考官一看就觉得这篇文章跟流行的文风非常不一致，所以韩愈落第了。第二年他又参加科考，还是这个题目，韩愈一字不差地把自己去年科考所写的文章又写了下来。这一次主考官还是陆贽，当他再次看到这篇文章的时候，就非常认真地品读了一下，越读越觉得有味道，也有古人的风骨。于是拍案说道："差点遗漏了一篇好文啊！"这次韩愈终于登第考上了进士。

后来韩愈又曾多次参加过博学鸿词科的考试，但都失败了。在他后来被授予官职的职场之路上，曾经当过监察御史，但是被贬职了。因为韩愈是一个个性非常耿直的人，而且不善于掩饰自己的观点，并且特别坦率地为民请命，所以总是得罪人。

有一年旱灾，当时的宰相掩盖灾情，跟皇上说老百姓过的日子还好。但是韩愈看到了民间的实情，特别气愤，于是就给皇上上了一道奏疏说明情况，因此得罪了当权者，被贬谪为一个县令。此后他又被召回到朝廷继续升迁，但是后来又再次被贬谪，是因为一篇非常著名的文章，叫作《论佛骨表》。

据说当年的长安法门寺有一节佛的指骨。"指"被视为佛家的圣物，而唐宪宗到晚年的时候又特别崇信佛教，于是把这节佛骨迎进宫中。满朝文武百官纷纷来参拜，大量捐赠各种财物，给当时的整个社会风气带来非常不好的影响。

韩愈本来就反"佛老"，此时更加看不惯这种情况，写了著名的《论佛骨表》。他说自古以来就没有佛教，也没有听说过什么佛，那个时候的帝王都长命百岁。可是自从汉代佛教传入以后，大家都知道有佛了，还信佛教，又求他来保佑，结果后来的帝王都是纷纷早死。这种说法使得唐宪宗大怒。本来韩愈的想法是证明佛教不可过度迷信，但是触怒了皇上，幸亏当时的丞相裴度帮他说情，只是被贬到了潮州做刺史。

又过了七年，韩愈再次回到朝中为官，做到了京兆尹，相当于今天首都的市长，又及御史大夫，相当于今天的检察院院长。此时的韩愈不只是官职地位高，而且也是一代文宗，文章诗文被天下人所敬慕。在这期间发生了文坛上的一段佳话，也表明韩愈对年青学子宽容举荐的态度。

据说韩愈当时在朝中办公下班回家的路上——一般来说，像韩愈这种身份和级别的官员出行，按照规定行人都是要回避的。可是当韩愈的车马走在长安大路上的时候，有一个书生忽然骑着驴，摇头晃脑的，口中不知道吟哦着什么句子，好像无视这个韩愈大人的车马行驾一样冲撞过来。

韩愈的手下特别生气，把这个年轻人给抓了起来。韩愈说："且慢，问问是什么情况？"这个年轻人就说："哎呀，我正考虑到一句诗，不知道用哪个字才好？"韩愈本身就是文章大家，对年轻后生也比较提携，他就问："是什么诗句呀？"这个年轻人就说："我在想两句诗，叫作：'鸟宿池边树，僧推月下门。'但是我老觉得这个'推'字不是太好，到底是用'推'字好呢，还是用'敲'字好呢？"

韩愈此时完全忘记了自己的身份，他在路边和这个年轻人一起皱眉苦思起来。后来终于说道："我认为还是'敲'字好。如果当时已经是月光如水，夜色渐深，那怎么可能他直接去推这个朋友的门呢？他应该是试探性地敲一敲。而且这个'敲'字，在寂静的月夜当中，带来些许的声响，还有一种灵动，并且更能够衬托出来月夜特别静谧。”

年轻人听到这个分析特别高兴，于是就确定了自己的诗句叫作：“鸟宿池边树，僧敲月下门。”这就是“推敲”二字的来历。而这个年轻后生就是著名的诗人贾岛。

讲到韩愈的生平，大家都会觉得韩愈这个人真是又亲切又厚道。再看他的《早春呈水部张十八员外》这首诗：

天街小雨润如酥，草色遥看近却无。
最是一年春好处，绝胜烟柳满皇都。

更会让人觉得平和浅近而又清新。但是这里我们要从文学史的

发展角度，再来呈现一个不一样的韩愈。

前面提到，到唐宪宗元和年间，诗坛出现了另外一个高峰。而此时比较典型的代表性诗派就是以韩愈和孟郊为代表的“韩孟诗派”。孟郊有一首诗叫作《游子吟》：

慈母手中线，游子身上衣。
临行密密缝，意恐迟迟归。
谁言寸草心，报得三春晖。

这首诗和韩愈的“天街小雨润如酥”一样，写得平易近人、细致温暖，但这不完全是韩孟诗派代表性的作品。那么，韩孟诗派最主要的特点是什么呢？

其实韩愈和孟郊特别注重在行文、作诗的过程当中，用自己的思维、心智，甚至包括自己的胆魄和力量对所描摹的物象做主观的裁夺。造字奇特，力量又特别雄大，最重要的特点就是他们特别崇尚雄奇怪异之美。韩愈有一首《调张籍》：

李杜文章在，光焰万丈长。
不知群儿愚，那用故谤伤。
蚍蜉撼大树，可笑不自量。
伊我生其后，举颈遥相望。
夜梦多见之，昼思反微茫。
徒观斧凿痕，不瞩治水航。
想当施手时，巨刃磨天扬。

垠崖划崩豁，乾坤摆雷硠。
惟此两夫子，家居率荒凉。
帝欲长吟哦，故遣起且僵。
剪翎送笼中，使看百鸟翔。
平生千万篇，金薤垂琳琅。
仙官敕六丁，雷电下取将。
流落人间者，太山一毫芒。
我愿生两翅，捕逐出八荒。
精诚忽交通，百怪入我肠。
刺手拔鲸牙，举瓢酌天浆。
腾身跨汗漫，不著织女襄。
顾语地上友，经营无太忙。
乞君飞霞佩，与我高颉颃。

这首诗是对朋友张籍的戏作，张籍就是刚才那首《早春呈水部张十八员外》的张十八员外。但是在这首诗当中，韩愈实际上是抒发议论。当时有一些人“重杜疑李”，因为中唐之后杜甫的地位特别高了，有一些人贬抑李白。韩愈在这里对李杜给予了同样高度的赞誉，但是实际上真正的落脚点不是说他们的诗歌的思想内容，而是说他们的诗有那种“巨刃磨天扬”、用语奇特和雄浑的气势。

韩愈认为自己和李杜精神有相近之处，那就是“百怪入我肠”。他要取法李杜，追步前人，“刺手拔鲸牙，举瓢酌天浆”就是这种气魄，这种胆力。用一个学者的话说，叫作“胆之大、力之猛、思之怪、境之奇”。完全是一副天马行空、超越世俗的气象，而这在中唐以后是一种全新的审美范式。

同样的，韩孟诗派的另一位诗人孟郊，他的诗歌主体风格也一点儿不像那首《游子吟》，而是专门用一些充满了幽僻、清冷、苦涩的意向，用一些特别瘦、硬、尖利的词来创造独绝、奇特的构思，给人一种惊心动魄的感觉。

韩孟诗派的另一位诗人——贾岛也是著名的“苦吟”诗人；故意创造“意象险怪”，甚至都已经到了以丑为美的程度。因为前人创造的高度，此时已经不能超越了，所以只能故意锤字炼句，创造那些奇怪惊险、悚心动魄的字句和意向。

韩孟诗派还有一位代表性的诗人李贺。李贺比韩愈和孟郊都小，但是少年的时候就特别有名，写的诗歌特别有盛唐的感觉：

南园十三首

其　五

男儿何不带吴钩，收取关山五十州。
请君暂上凌烟阁，若个书生万户侯？

李贺后来受到很多打击，身体也特别不好，所以他写的诗当中有特别多的“幻梦”“生死”“苦闷”“惊惧”，还有很多“呕心沥血”的特点，使用了诸多幽冷、奇艳的字句，比如“泣”“啼”“冷”“江”“寒”“绿”。

秋　来

桐风惊心壮士苦，衰灯络纬啼寒素。

谁看青简一编书，不遣花虫粉空蠹。
思牵今夜肠应直，雨冷香魂吊书客。
秋坟鬼唱鲍家诗，恨血千年土中碧。

回过头来，再说韩愈。在他的诗歌创作当中，除了故意的造“奇”，崇尚“悬奇怪异”之美外，因为他本身是古文大家，所以在诗歌艺术当中还有很多从未见过的做法。比如他以散文的笔法来入诗，把散文的一些句式也都写到了诗里；有的时候又会直接以议论入诗，直接表达对社会和人生的看法。一般的学者认为，韩愈虽然在反对传统、锐意创新的路子上有突出的贡献，以宏大的胆力驾驭诗篇也是前所未有的和超现实的，确实对后人有影响；但是这种变化有的时候也使诗的味道有一点不同，有一点晦涩了。

叶燮曾经评价说：“韩愈为唐诗之一大变，其力大，其思雄，崛起特为鼻祖。”的确，韩愈在中唐高峰突起，彻底转变了人们对唐诗的印象，对后人尤其是对宋以来的诗歌产生了深远的影响。

前面从文学史的角度增加了一些对元和诗风以及韩孟诗派的认识，最后我们还要回到《早春呈水部张十八员外》这首小诗上来，不可否认，这首诗仍不失为一个流传千古、亲切优美的山水小品。

早春使大地刚刚回暖，而京城长安大道上一派迷人的风貌。“天街小雨润如酥”，关于这个“润”字，杜甫写过“随风潜入夜，润物细无声”。春雨那么细腻，那么柔滑，压下了喧嚣的尘土，带来清新的空气，滋润了大地万物，谚语说“春雨贵如油”，这里小雨“润如酥”的“酥”，其实就是酥油。这个句子特别经典，和杜甫的“随风潜入夜，润物细无声”可以一比高下。

接下来，“草色遥看近却无”。此时小草刚刚开始探头，青色还没有完全透出来，还没有特别浓密，可是被春雨一沾湿了之后，青绿的颜色就有点明显了，遥遥看去，有星星点点的绿意，但是仔细离近了看，又没有了。这种意境又特别像盛唐王维的山水诗，“青霭入看无”“山色有无中”，都是这种极佳的、极妙的意境。

前一二句就写这种早春的美景，而三四句则是对美景的一种品评。“最是一年春好处”，本来“春”就是一年的好处了，我们常说“一年之计在于春”，但是在一年当中最美的季节，春天里面的最好的时候又是什么呢？韩愈说这就是“早春”。早春的感觉叫作“绝胜烟柳满皇都”。这里也是用了一个非常醉心的，而且非常有强度、有浓度的词叫作“绝胜”——没有比这更美的了，因为柳枝上的嫩芽刚刚萌发，远远望去仿佛烟雾笼罩，一片鸟语花香，所有一切都给人一种清新、美好，令人向往的感觉。这是“早春”和春天任何其他时候都绝然不同的特点。

这首小诗平易近人，非常细腻，又特别清新，同时带着一种自信，就像盛唐诗的风格。当然，这样一首短短的小诗，看起来仿佛毫不在意，但是遣词造句又特别有功力，这也是自唐以来诗歌最典型的特点。

第十七讲

谁更孤独寂寞冷

——柳宗元《江雪》

柳宗元和韩愈一样，是唐宋八大家之一。唐宋八大家是“古文运动”的代表人物，应该说，他们在文坛的名誉和成就更多地体现在“文”的方面。

魏晋南北朝时期，随着对语言规律的探索和对“四声八病”的总结，人们开始越来越会作诗，也出现了近体诗。然而后期辞藻堆砌的现象越来越多，并且出现了骈文。骈文又称为四六，在文体上有非常典型的对句，注重声律和对偶。在“初唐四杰”和后来诗人们的努力下，一扫魏晋华丽而又绮糜的文风，开始有了阔大的境界。

然而骈文在唐代末期又有抬头，甚至有很大的影响，华而不实的文风使文人们开始怀念先秦散文的风骨和气质，并且大力倡导“古文运动”，像我们所熟悉的欧阳修、韩愈、柳宗元、“三苏”、曾巩和王安石就是这一时间段的文章大家，他们追慕古风又不失革新。

柳宗元作为古文大家，在今天中学的课本中也有很多他的选文，比如《捕蛇者说》《黔之驴》《小石潭记》。在很多人印象中，柳宗元写的诗似乎没有他的文有名；他的诗虽然不多，但留下的都是传世名作，这是很引人注目的。

中国文学史上，有一个很有意思的现象，我们熟悉的大诗人、大文人、大词人，没有谁从小就立志做一个诗人或是一个文学家；对于古人来说，这些都不是他们的人生目标。唐代的知识分子最高的人生理想就是参加科举，中进士，得官职。考中进士后再考博学鸿词科，就是非常有学养，很有身份地位的象征。“致君尧舜上，再使风俗淳”，考上进士再做个官，“了却君王天下事，赢得生前身后名”，遇到贤君，自己成就一番事业，造福天下苍生，成为一个出色的政治家，这也是文人们普遍的理想。

但是，很多大文人在追求仕途的过程中，或因为个性耿直，不善于斡旋而遭到谗言诬陷，或因为政治斗争，导致被贬谪流放。这样的生活经历对他们的人生产生巨大影响，比如李白被贬夜郎、王昌龄被贬谪到龙标，韩愈、柳宗元以及刘禹锡、白居易都有贬谪经历。这些经历加上他们丰富的人生阅历和出色的文学素养，形成了非常独特的“贬谪文学”。这种“贬谪文学”，前代虽然也有，但唐代无疑更加特别和突出。也许从某一方面来说，逆境激发了文人们的创作，不经意间将他们带到文学领域的另一座高峰。

清人赵翼曾经说过：

国家不幸诗家幸，赋到沧桑句便工。

——《题遗山诗》

这两句诗典型地说出了被贬谪的人生经历对文人的影响，人生剧变触动了他们内心，写出了一系列经典的作品，这种现象在柳宗元身上同样也有很明显的体现。

柳宗元（773～819）字子厚，出生在安史之乱平定十年之后。虽然动乱已经平定，但大唐已经盛世不再，社会上弥漫着一种衰朽的气息。此时，社会矛盾加剧，藩镇割据、宦官专权、朋党执政等等，危机丛生。柳宗元九岁的时候，大唐王朝又发生了一次变乱——建中之乱，也是藩镇割据的性质，又一次给国家带来沉重打击，少年的柳宗元目睹了战乱给社会、国家带来的恶劣影响。

柳宗元自小家境殷实，他的父亲博学多才、熟读经史，有着不错的官位，给了柳宗元很好的指引。他的母亲卢氏是一位贤良淑慧的女子，佛教徒。柳宗元被贬谪时，她已经六七十岁，但丝毫没有怨言。

青年时期的柳宗元早早就显露才名，声震一方。然后，他和唐代其他的才子一样，报考了进士科，追求人生理想。贞元十七年（801），被授官，做了蓝田尉，相当于一个县的公安局局长。后来又做了监察御史里行，这个官职比监察御史级别低，却拥有实权。此时正值唐顺宗年间，柳宗元三十一岁。在这个时候他开始接触到官场的实际情况，也与各级官僚都有接触，看到了官场内部的黑暗腐败、利欲熏心和种种倾轧。柳宗元耿直的个性和他从小接受的教育使他更倾向于改革，此时他和朝中王叔文、王伾、刘禹锡等人结交，关系密切，也决心将改革进行到底，史称“二王刘柳”。

当时“二王刘柳”都很年轻，是热切的改革派，富有才华和志向，他们掀起的改革叫“永贞革新”。针对藩镇割据、宦官专权和朋党执政等一系列现象，制定政策并做出调整。但这场革新只维持了半年多，随着顺宗的下台，宪宗继位，保守派势力抬头，“永贞革新”宣告失败。这场改革虽然时间不长，但却产生了一定影响，收获了实效，打击了宦官势力。可是作为革新失败的牺牲品，这几位改革主导人被贬谪到荒凉遥远之地。他们大多数做了司马，所以又被称为“二王八司马事件”。

在贬谪期间，柳宗元特有的文风开始形成。后来柳宗元遭到政敌不断排挤，身心俱疲，四十七岁在柳州逝世。因为祖籍在河东，世称“河东先生”；因为长期被贬柳州，又被称作“柳柳州”。

虽然柳宗元和刘禹锡等人一起被贬谪，但由于每一个人的心理、性格等等各方面的不同，在面对人生低谷时就有了不同的表现。有一句话说“性格决定命运”，确实是这样。同样被贬谪，刘禹锡持有一种昂扬的心态，对很多事情都可以看开。而柳宗元就比较内敛、压抑。在人生后期，他虽然对自然哲理、天人宇宙等问题都有很深入的思考，然而这种性格却很难使他从苦闷中解脱出来。很多时候，柳宗元显得冷漠而执拗，诗中常常出现幽僻、清冷、尖锐的字眼。

登柳州城楼寄漳汀封连四州

城上高楼接大荒，海天愁思正茫茫。
惊风乱飐芙蓉水，密雨斜侵薜荔墙。
岭树重遮千里目，江流曲似九回肠。
共来百越文身地，犹自音书滞一乡。

这是他被贬之初，登上柳州城所写的一首诗。这首诗中没有一句故作呻吟，扑面而来的就是巨大的人生哀痛，这种凄神寒骨、容颜憔悴、离愁别恨、茫无涯际的幽怨让人伤感、让人心折。一个风华正茂、前途无限的才子，却在人生关键时期遭到了重大打击，而且宣告他的政治生涯就此结束，以后再也没有复起的机会，一下子流落到荒凉僻远的地方，从精神到物质都跌落到了最低点。这种人生的终极追问，不是谁都可以过关，也不是谁都有触底反弹的能力的。

应该说，柳宗元对于儒道释的精深了解，已经足够让他明白人生的真相。在刚被贬谪的时候，柳宗元连住的地方都没有，没有人愿意收留他，他只好和母亲住在庙里，机缘使得他和一个很有修行的上师相识，并在上师指导下进行修炼，所以他的佛学修为是很高的。但每个人对待逆境的态度的确与性情有关，王维被喻为“诗佛”，他的诗空灵旷远，已经“毫无挂碍”了；而读柳宗元的诗，我们却仍然能感觉到，他拿得起，却放不下。

与浩初上人同看山寄京华亲故

海畔尖山似剑铓，秋来处处割愁肠。
若为化得身千亿，散上峰头望故乡。

这首诗就是一种又冷又幽、又暗又峭的感觉。登上山，俯瞰海，海畔的山就像剑芒一样，把我的百转愁肠割得支离破碎，我好像也被割成了无数碎片。如果每个碎片都能变成一个我，那就有千亿个化身，就算散上峰头，我也要执着回望自己的故乡。这是怎样的情怀啊！遥望家国，政治理想被判了死刑，无法释怀、肝肠寸断，充满了血泪的悲伤情怀和思绪，难怪后人评价柳宗元的七言诗是“满纸涕泪”。

我们再来看一首代表性的《江雪》：

千山鸟飞绝，万径人踪灭。
孤舟蓑笠翁，独钓寒江雪。

就像《小石潭记》一样，柳宗元的诗歌和文章共有的特点就是“凄神寒骨”。读刘长卿的诗，一入眼就能感觉出苍凉旷远、萧瑟灰冷的色调。而柳宗元在诗中所展示的境界则是如此的寥廓，仿佛视野茫无涯际。鸟已经飞走了，人的踪迹已经看不见了。在这样空和旷的背景下，用上了“绝”和“灭”两个字，让人一踏入诗境就感到无边的凄冷和苍凉。

很多学者评价这首诗“冷峭”。的确，柳宗元的诗中常常会用到尖锐、凄清、冷峭的词语。《江雪》这首诗中，好像整个世界都是空的。在这样一个无边无际的、肃杀寒冷的环境中，只有一只孤单的小船和一个带着蓑笠的老翁，一个人在这样漫天的江面中垂钓。“垂钓者”向来有很深的寓意——是像姜太公那样在等着周文王的接引吗？是像孟浩然那样有耻于圣明之世隐居，想要有所作为吗？但是身处这样一种严寒肃杀的环境，又能做什么呢？短短数笔勾勒，已经足以表明作者的愤懑、孤高、耿直、激切。

柳宗元的诗虽然有凄神寒骨的特点，但是他本身并非完全弃世。不管被贬谪到哪里，他都能立刻投入工作，丝毫不懈怠。有很

多史料记载，他在柳州时大力发展教育，兴建医疗；柳州地处偏远，没有水井，他就亲自带领百姓和官员打了若干口井；当地的盛行的巫风迷信也是他亲手破除的。

透过他的诗歌我们仅仅看到了他内心不快乐的一面，而这种不快乐，几乎伴随了他一生。对柳宗元来说，参悟人生，也许是容易的；但是释放自己，却是不容易的。

第十八讲

穿越古今的燕子

——刘禹锡《乌衣巷》

刘禹锡在中唐诗坛中十分引人注目。上一讲我们提到过“二王刘柳”“永贞革新”和“二王八司马事件”，刘禹锡和柳宗元的人生经历十分相似，有句诗形容他们“二十年来万事同”。他们交情十分深厚，才华相近，甚至连他们的政治遭遇都非常相似，因此他们的诗歌有共同的基础。但是由于二人性情并不十分相同，所以他们的诗读起来感觉也迥然不同。

柳宗元生于公元773年，在公元819年就抑郁而终了，享年四十九岁。刘禹锡生于公元772年，比柳宗元大一岁，卒于842年，要比柳宗元多活了二十多年，从这一点来看，他们的心态和健康状态也是不一样的。

柳宗元和刘禹锡二人都在贞元九年（793）同登进士第，当时两人都是二十岁左右，十年后又一同由地方调到中央，当时刘禹锡是监察御史，柳宗元是监察御史里行，官职上相差不多，同样掌握实权。顺宗永贞年间，二人共同参与了以王叔文为首的政治革新集团并被迅速提拔。当时刘禹锡担任屯田员外郎，柳宗元担任礼部员外郎。两个人都是才华极高，又很有能力的年轻人，被委以重任，担任主要角色，在不到半年的时间里推行了很多重要的改革，反对藩镇割据、反对宦官专权、反对朋党之争等等，给中唐的政治带来了一股新风。

但官宦的势力很强大，永贞革新在以宦官为首的势力的打击下惨遭失败，这些人都纷纷被贬。刘禹锡被贬到朗州（今湖南常德）做司马，柳宗元被贬到永州（今湖南零陵）做司马。十年之后，刘禹锡被贬到更远的连州（今广东连州），柳宗元被贬到柳州（今广西柳州）。两个人的人生中很大一部分时间都在非常偏远的贬谪之地度过，那么两人的感慨有什么不同呢?

我们来看一下刘禹锡的一首诗：

酬乐天扬州初逢席上见赠

巴山楚水凄凉地，二十三年弃置身。
怀旧空吟闻笛赋，到乡翻似烂柯人。
沉舟侧畔千帆过，病树前头万木春。
今日听君歌一曲，暂凭杯酒长精神。

他在诗中感慨，我在巴山楚水这种荒远凄凉的地方，二十三年最美好的时光就这样度过。山中方一日，世上已千年，世道变化得太快，自己已经跟不上时代的脚步，可是又有什么关系呢？如果说在百舸争流中，我驾驶的船不幸沉没了，或者停靠到了边上，身侧却是千帆竞过；如果说我是一棵生病的大树，不能再勃发生机，可前方依然是万木争春。这个世界总是不断地有新人出现，长江后浪推前浪，我终究要被拍在沙滩上。今天我碰见你白乐天（白居易），听你高歌一曲，再喝几杯酒，我们还是要调整心态，打起精神面对生活。

的确，政坛上经常翻手为云覆手为雨，你方唱罢我登场，所以独立的个体很难在官场上一直呼风唤雨、春风得意，尤其是这些并不是很擅长政治博弈的文人。虽然刘禹锡和柳宗元算是有一番建树的青年才俊，但也难逃党派之争和权力倾轧的旋涡。而刘禹锡的特点就在于，他在政治的波澜起伏中有自己独特的心态和看法。

有一首诗写于元和十年，就是他在永贞革新后被贬到朗州（今湖南常德）做司马十年之后，又被朝廷召回任职，游玄都观时所作：

元和十年自朗州至京，戏赠看花诸君子

紫陌红尘拂面来，无人不道看花回。
玄都观里桃千树，尽是刘郎去后栽。

“戏赠”就是开玩笑的意思。这首诗非常有意味，也非常调侃。用玄都观的桃花来比喻这个世界总是春去春回、花开花谢，总是有无数的兴亡，前人后人、一代又一代。刘禹锡说，你看，我们当时是政治的中心，是改革的中坚派，一度也是春风得意、呼风唤雨，可是一转眼我被朝廷贬到荒凉之地已经有十年了，回来之后一看政坛上满眼的新秀，“尽是刘郎去后栽”，他们又在这里踌躇满志，仿佛又要有什么大动作了。

如果说上一首诗是刘禹锡出了朝廷十年之后再回来，他心中还有一丝争胜的气势，讲了自己当年的一时风云；那么此后他从朗州被贬到更遥远的连州，一去又是十年，十年后再回到京城，再游玄都观时，他写的诗则又是一番况味：

再游玄都观

百亩庭中半是苔，桃花净尽菜花开。
种桃道士归何处，前度刘郎今又来。

玄都观见证了这个世界的风风雨雨，刘禹锡故地重游，不禁感慨：当时那些在台上长袖善舞的人，今天又去哪了呢？当年的绿草都变成了苔藓，当年的桃花都变成了菜花，当年种桃的人又去哪里了呢？我如今回来一看，世事变化万千，如此而已，又何必执着纠缠于此呢！

从刘禹锡的这几首诗中，我们就能感觉到，这个人是比较刚毅，不屈服于现实和艰苦的环境的；但是他胸襟又非常开阔，能释放自己，也能看得开，并且有豪爽勇猛之气，有一种明快俊爽的风情，这是他的特点，也是一个人的可爱之处。

我非常喜欢他这首诗：

秋　词

自古逢秋悲寂寥，我言秋日胜春朝。
晴空一鹤排云上，便引诗情到碧霄。

正值秋季，凄风冷雨不断侵袭，李清照曾写过“雁过也，怎敌他晚来风急”。秋天总是让人感到萧瑟寒冷，心境不是那么畅快，“悲哉秋之为气也，萧瑟兮草木摇落而变衰”（宋玉《九辩》），“伤春悲秋”也是文学史上最常见的主题。但是刘禹锡在他的《秋词》中却一反传统的悲秋之感，说自古以来一谈到秋天就是悲悲戚戚的，可是我认为秋天要比春天好，晴朗的天空，白鹤排成一字型飞在云端，我的诗情也和这些白鹤一样直冲云霄、遨游碧空。

在刘禹锡的笔下，秋天仿佛又有了强劲的生命力量，透过字面都能感觉到这种敢于迎接苦难、超越苦难的情怀。在这首诗中，还有奔走流动的生命力和迎向未来的乐观精神，更有高洁坚毅的人格内涵。我们常说，打开一首诗，就能看到一个人的胸襟。打开这首诗，就能看到刘禹锡所特有的旷达高远、劲健有力的襟怀。

虽然刘禹锡被贬到荒凉僻远的巴山楚水，但是他就像北宋的苏轼一样，不管在哪里生活都能过得好。这种“好”不仅仅是日子过得十分舒适，也是让自己的内心十分自在，有一种天然的乐观主义精神。苏轼写过“日啖荔枝三百颗，不辞长作岭南人”，都被贬到岭南这样的荒凉之地，还说这个地方真好呀，我一天吃三百颗荔枝，一辈子在这里我都很高兴。这种人是打不倒的，他的人格力量超越了外在的一切，不会轻易被小事打倒，而且他自身就带有一种正向的、能带领他人、感染他人的力量，这是优秀人物的杰出素质。

刘禹锡在长期的贬谪生涯中，还学了很多民间的调子，作了一些非常清新优美的诗歌，下面这首就是他模仿民歌而写：

竹枝词二首

其　一

杨柳青青江水平，闻郎江上唱歌声。
东边日出西边雨，道是无晴却有晴。

“道是无晴却有晴”，实际上是一语双关，写出了女子对于恋人微妙的感情，鲜活生动、充满了浓郁的生活气息，特别接地气，又美好浪漫，同时艺术品位也很高；而关键在于，从诗中能看出诗人对待生活的态度。

在刘禹锡的诸多诗作中，最为人称道、最富代表性的，是他的咏史怀古诗。刘禹锡的咏史怀古诗很多，比如《西塞山怀古》《金陵怀古》《金陵五题》等等，都是简洁凝练而又内蕴丰厚、意象新颖、感慨深沉：

乌　衣　巷

朱雀桥边野草花，乌衣巷口夕阳斜。
旧时王谢堂前燕，飞入寻常百姓家。

朱雀桥、乌衣巷都是大唐非常著名的景观。当年熙熙攘攘、人头攒动，达官贵人、名流才子聚集的朱雀桥边如今野草丛生、蓬勃茂密，甚至开出了花。而当年摩肩接踵、人来人往的乌衣巷口，也只剩下了夕阳的余晖斜照，仿佛在诉说不可重回的昔日繁华。诗中的每一句中都有今昔衰盛的反差对比，然而在盛世繁华和末世衰落的强烈反差中，我们却没有看到特别的沉沦和低落，而是感慨深沉、洞彻古今。

“旧时王谢堂前燕，飞入寻常百姓家”，清新隽永而又沧桑无限。“王谢”是魏晋的世家大族，他们才华极高、家学传承，一时被人瞩目，可是当年在他们这些世家大族门前飞来飞去的燕子，如今进入到了寻常的百姓人家。这些燕子仿佛穿越千载，从一个画面切入到另一个画面，瞬间古今衔接、时空相连。从回忆大唐盛世的感慨中缓缓抬头，将家国苦难融于此情此景，又凝聚了低回而不低落的悲情，沉着痛快、雄浑苍劲。

薛雪在《一瓢诗话》中评论刘禹锡的诗：

> 似议非议，有论无论，笔著纸上，神来天际，气魄法律，无不精到。

在刘禹锡的诗中，虽然歌咏的是魏晋往事，但饱含的却是现实的意味，苍凉而不流于衰飒，沉重而不失坚韧，纵横千古、涵纳天地，千载之下读起来仍然让人凛然震撼，这种精神气脉，远非他人可比。

第十九讲

爱而不能的永远遗憾

——白居易《长恨歌》

白居易有一首经典的小诗：

离离原上草，一岁一枯荣。
野火烧不尽，春风吹又生。

清人赵翼在《瓯北诗话》当中曾经写道：

中唐诗以韩、孟、元、白为最，韩、孟尚奇警，务言人所不敢言；元、白尚坦易，务言人所共欲言。

“韩孟”就是我们曾经提到过的以韩愈和孟郊为代表的韩孟诗派，而“元白”指的是白居易和元稹。

白居易（772～846）字乐天，号香山居士、醉吟先生，祖籍太原。他的诗平易通俗、题材广泛，甚至有“诗王”和“诗魔”之称，经典作品有《卖炭翁》《琵琶行》，这一讲我们来欣赏一首他的传世佳作《长恨歌》。

《长恨歌》的主题是关于杨玉环和唐明皇的爱情的，全诗深切、低回、婉转，令人肝肠寸断，写尽了为情所困，为情所扰，对情执着，生生世世的这对男女。

但是这种爱情是一个悲剧的结局，因此整个诗歌的题目叫作《长恨歌》，“恨”就是遗憾。如此美好的爱情，就像世间所有美好的东西一样，就像春天盛开的最灿烂的花儿一样，总会在最娇艳的时候折断，总会在最美好的时候逝去，这种爱情就是带着这样一种永远的遗憾，长留世间。

汉皇重色思倾国，御宇多年求不得。
杨家有女初长成，养在深闺人未识。
天生丽质难自弃，一朝选在君王侧。
回眸一笑百媚生，六宫粉黛无颜色。
春寒赐浴华清池，温泉水滑洗凝脂。
侍儿扶起娇无力，始是新承恩泽时。
云鬓花颜金步摇，芙蓉帐暖度春宵。
春宵苦短日高起，从此君王不早朝。
承欢侍宴无闲暇，春从春游夜专夜。
后宫佳丽三千人，三千宠爱在一身。
金屋妆成娇侍夜，玉楼宴罢醉和春。
姊妹弟兄皆列土，可怜光彩生门户。
遂令天下父母心，不重生男重生女。

骊宫高处入青云，仙乐风飘处处闻，
缓歌谩舞凝丝竹，尽日君王看不足。

先来看这首诗的第一个层次，从“汉皇重色思倾国”到“尽日君王看不足”，写唐明皇和杨贵妃两个人最初非常甜美、如胶似漆，特别幸福骄纵的情感。

白居易生活的时代，盛唐高峰已经成为过去，人们对往事有太多的回忆，就像上一讲中刘禹锡的《乌衣巷》和这首诗开头的“汉皇重色思倾国”，唐代的人总是喜欢借助着汉代事情的指向，写自己本朝的悲欢离合、盛衰成败。新旧《唐书》和《资治通鉴》当中记载，那

个时候唐玄宗的宠妃武惠妃刚刚去世不久，“宫中无当意者”“或有人言寿王妃杨氏之美”，这个时候唐玄宗注意到了杨玉环，从此之后两个人就双双坠入非常深的感情依恋之中。

虽然唐代当时的风气比较开放，但杨玉环以儿媳的身份进宫，毕竟有违伦常。于是唐玄宗就让杨玉环先出家为女道士，然后再以女道士的身份召进宫来，这个过程多多少少有些掩人耳目。诗中说“杨家有女初长成，养在深闺人未识”，采取了一种回避的、比较委婉的写法。

《长恨歌》之所以成为传世名篇，就是从开头到结尾，蕴含的各种感情都非常复杂、耐人琢磨，又千回百转；有时华美，有时深婉，有时让人叹息，有时令人扼腕。杨玉环的天生丽质、回眸一笑、千娇百媚，充满了女人特有的韵味和气息，这个天生尤物风情万种、明眸善睐，美得娇憨可爱、没有心机。因此，“春寒赐浴华清池，温泉水滑洗凝脂。侍儿扶起娇无力，始是新承恩泽时”，这几句非常柔美，充满了软香温玉的气息，贵妃刚刚得宠，受到了君王的无限宠爱和恩遇。

刚才提到，白居易在写开头一部分的时候感情是非常复杂的，“云鬓花颜金步摇，芙蓉帐暖度春宵。春宵苦短日高起，从此君王不早朝。”他写了那样唯美的、充满了魅力的、令人目眩神迷的贵妃，但可惜的是，这个美是一种毒，两个人享受到了人间的至情，可是从此君王不再上早朝、不再勤于国政了。

唐玄宗李隆基是整个盛唐开元盛世的缔造者，而且是一个非常有政治历练的君王，很年轻的时候就已经和太平公主联手，剿灭了中宗皇后韦氏的“诸韦之乱”。此后当太平公主再次成为一股非常强大的势力，影响到了大唐王朝执政的时候，李隆基又剿灭了太平公主。后来睿宗亲眼看到自己的三儿子已经完全具有了执政能力，权力也早已势不可挡，所以选择让位。可以说李隆基是在宫廷斗争的腥风血雨当中历练起来的，具有非常成熟的政治智慧。而且他在执政的那些年中励精图治，创造了开元盛世；同时他本身又是一个极有才华的君王，精通音律，今天梨园的祖师尊奉的还是唐玄宗。

虽然唐玄宗因为过度宠爱杨玉环而导致安史之乱，使盛唐从最高峰的顶端跌落，但不管是在中晚唐时期还是后世，人们对于杨玉环的评价并不像对于妲己那样，特别厌恶地称为红颜祸水、狐狸精等。实际上杨贵妃从开始进宫到后来得宠，她本身并不是一个特别善于舞弄权力的女子，正因为她非常单纯、娇憨可爱，才受到了唐玄宗的宠爱。玄宗此时已过中年，政治的腥风血雨和南征北战，还有经营天下的殚精竭虑，已经让他疲惫，也许正是杨玉环这样一个女人，才让他感到些许轻松。

所以很有意味的是，在整首诗中玄宗不像一个君临天下的皇帝，而是一个沉溺于情海不能自拔“问世间情为何物，直教人生死相许”的情郎。他不只是一个君上，他还是一个男人；她不只是一个贵妃，她还是一个女人。在他们身上有太多无奈，太多痛苦，太多和普通人一样的迷离。但只可惜，李隆基的身份是君王，而君王沉溺于这种儿女情长、春宵帐暖，从此不再早朝却是一个非常不好的现象。“承欢侍宴无闲暇，春从春游夜专夜。后宫佳丽三千人，三千宠爱在一身。”玄宗到了中晚年，见过了太多的政坛风雨和人间冷暖，他此时需要小玉环，单纯无瑕、美丽可爱，而且非常聪明，又通晓音律，正合玄宗的心意。所有的一切都让他坠入了爱河，但是同时也难免爱屋及乌，把杨贵妃的兄弟姐妹都给予了非常丰厚的奖赏："兄弟姊妹皆列土，可怜光彩生门户。"至于贵妃的几个姐姐还有杨国忠依仗权势骄横跋扈，甚至让天下为之侧目，带来极为恶劣的影响；这些虽然不是贵妃刻意策划，但是却跟她自身有着绝对割舍不掉的联系。而这所有一切，酿成了唐明皇和杨贵妃以后不得不面对的巨大悲剧。

"遂令天下父母心，不重生男重生女。骊宫高处入青云，仙乐风飘处处闻。缓歌谩舞凝丝竹，尽日君王看不足。"上有所好，下必从之。民间的风气都被改变了，恨不得生个女孩儿，也像杨玉环那样入宫，得到君王的宠爱，大放光彩，光耀门楣。杨李二人整日享受着爱情的美好，轻歌曼舞地生活，幸福得无边无际，这样的日子好像永远不会终结一样。

渔阳鼙鼓动地来，惊破霓裳羽衣曲。
九重城阙烟尘生，千乘万骑西南行。
翠华摇摇行复止，西出都门百余里。
六军不发无奈何，宛转蛾眉马前死。
花钿委地无人收，翠翘金雀玉搔头。
君王掩面救不得，回看血泪相和流。
黄埃散漫风萧索，云栈萦纡登剑阁。
峨嵋山下少人行，旌旗无光日色薄。
蜀江水碧蜀山青，圣主朝朝暮暮情。
行宫见月伤心色，夜雨闻铃肠断声。
天旋地转回龙驭，到此踌躇不能去。

马嵬坡下泥土中，不见玉颜空死处。
君臣相顾尽沾衣，东望都门信马归。
归来池苑皆依旧，太液芙蓉未央柳。
芙蓉如面柳如眉，对此如何不泪垂。
春风桃李花开日，秋雨梧桐叶落时。
西宫南内多秋草，落叶满阶红不扫。
梨园弟子白发新，椒房阿监青娥老。
夕殿萤飞思悄然，孤灯挑尽未成眠。
迟迟钟鼓初长夜，耿耿星河欲曙天。
鸳鸯瓦冷霜华重，翡翠衾寒谁与共。
悠悠生死别经年，魂魄不曾来入梦。

可是诗中写到此处笔锋一转：“渔阳鼙鼓动地来，惊破霓裳羽衣曲。”曾经的软香温玉、儿女情长一下子就被现实撕得粉碎。唐玄宗身为一国之主，过于沉溺卿卿我我的情感，不理朝政，结果蒙蔽了眼前的现实，安禄山突然起兵，瞬间把大唐盛世这种表面上温暖而又美好的一切打破了。叛军以势不可挡之势冲击了大唐，冲击了京城，而玄宗毫无准备，整个帝都的九重宫阙都被这兵乱的烟尘所掩盖，皇上带着身边的侍从不得不匆匆忙忙逃向蜀地暂时躲避。

“六军不发无奈何，宛转蛾眉马前死。”到此时，温婉的讽喻再次出现。六军不发，大将陈玄礼带领着这些士兵，跟着皇帝，本应护卫他奔去蜀地，但是到此时军队不走了，为什么呢？他们非常恼恨地指责，红颜祸水，美女误国，要求必须处死杨玉环。而此时的唐玄宗虽然贵为千古大帝，但也救不了自己心爱的女人，他只能亲眼看着这个美丽的女人自缢身死。

当年那么华贵美丽的发饰流落一地，何等令人伤感和叹惋，“君王掩面救不得”这一句，让人唏嘘嗟叹不已。一代大帝，雄霸天下，可惜的是正因为他是一个帝王，所以他救不了自己真心相爱的女人，而在关键的大局面前，还要牺牲自己的女人去挽救家国命运，去交代军士们的要求，血泪相和，异常凄婉。

贵妃已死，在玄宗的眼中，黄尘漫漫，秋风萧瑟，栈道萦回，仿佛前路无限，就算登上剑阁关，就算到了峨眉山下，而随身的旌旗毫无光彩，连太阳都显得那么淡薄无情。

虽然到了蜀地，被称为是天府之国，到处山清水秀，但是玄宗失去了最心爱的女人，又失去了手中至高无上的权力，可以说这两个能够使作为君王的男人最有青春活力的东西，在玄宗的身上都失去了。他深居行宫，触目所见皆是伤心伤情：看见月亮引发了无尽相思，听到夜雨更是柔肠寸断。

“天旋地转回龙驭”，安史之乱平定，玄宗带领着部队返回京城，找到了当年贵妃一丈白绫自缢身死的地方，已经看不到当年的一点痕迹。“君臣相顾尽沾衣，东望都门信马归。”此时，大家丝毫没有凯旋的快乐，而是相顾沾衣，哀哀凄凄，完全失去了盛世大唐那种自信、阳刚的情怀。

“归来池苑皆依旧，太液芙蓉未央柳。芙蓉如面柳如眉，对此如何不泪垂。”写到这里，我想白居易作为一个大文人，他已经逐渐地写到动情之处，已经逐渐脱离开了自己的身份和对于唐明皇、杨贵妃因爱误国的一种讽喻，甚至不知不觉把自己的情感寄托都已经写进去了。

当我们痴情地、深深地爱过一个人，而必须要面对生死离别或突然失去的时候，仿佛一下子割掉了自己身上的一个器官，那种感觉痛彻心扉。而此后触目惊心的皆是当年两个人流连、徜徉的地方，满眼都是美好而又伤感的回忆。虽然池苑依旧，虽然芙蓉依旧，虽然柳枝依旧，但是在玄宗眼中，看到芙蓉仿佛看到贵妃的粉面，看到柳叶如同看到贵妃的烟眉，一切的一切，都能触动他千回百转的思绪。

经典作品之所以经典，就在于它不只是写一个人、一件事、一种情，它可能写尽了所有人、所有事、所有情，让天下的痴男怨女都能够在当中找到自己的影子，找到自己的心事。

“春风桃李花开日，秋雨梧桐叶落时。”本来春风桃李自开自放，秋雨梧桐自行落下，与人何干，但是在此时，每一景每一物都让人惊心动魄。一代圣皇唐玄宗，到此时只剩一个人，寻寻觅觅，冷冷清清，凄凄惨惨戚戚。仿佛不只是贵妃的死去，玄宗满心幽怨和愁苦；仿佛随着那样的一个充满活力、娇声浪笑、霓裳羽衣的妩媚多姿的贵妃的归去，整个盛世大唐仿佛一下子就从他的青春来到了白发。宫内到处都是秋天的枯草，落叶飘飞，一片凋零；梨园弟子满头白发，连太监和宫女也已经悄然老去。

夕阳下的宫殿，当夜幕降临，只有萤火虫飞来飞去。这个已经失去了最高权力的男人，此时无非是个太上皇，人到老年，鬓发斑白。他心中唯一的，最牵念、最喜欢、最疼爱、最能让他恢复男人的自信和情怀的那个女人已经没有了。他的这种思念和怀想有谁能够理解呢？一个人孤灯挑尽，夜夜不能够成眠，一直到钟鼓响彻了长夜，一直到满天的星河伴随着他来到天明。

此时，一切都变得冰冷，变得繁华不再，变得青春不再，甚至当年最美丽的鸳鸯瓦，都是异常冰冷，落满了风霜；一度春宵帐暖的翡翠衾也变得寒凉刺骨，又有谁与你相拥共枕？悠悠生死两别，已经过去了一年多，从当初的黄尘漫漫到蜀山青青，从蜀地行宫到凯旋，从白日到黑夜，从春天到秋天，玄宗的思念越来越深入骨髓，越来越切入肌肤。处处触景伤情，时时睹物思人，这种情丝绵绵无尽，仿佛永远没有断绝，可越是想念，却越是梦不到贵妃。

临邛道士鸿都客，能以精诚致魂魄。
为感君王展转思，遂教方士殷勤觅。
排空驭气奔如电，升天入地求之遍，
上穷碧落下黄泉，两处茫茫皆不见。
忽闻海上有仙山，山在虚无缥缈间。
楼阁玲珑五云起，其中绰约多仙子。
中有一人字太真，雪肤花貌参差是。
金阙西厢叩玉扃，转教小玉报双成。
闻道汉家天子使，九华帐里梦魂惊。
揽衣推枕起徘徊，珠箔银屏迤逦开。
云鬓半偏新睡觉，花冠不整下堂来。
风吹仙袂飘飖举，犹似霓裳羽衣舞。
玉容寂寞泪阑干，梨花一枝春带雨。
含情凝睇谢君王，一别音容两渺茫。
昭阳殿里恩爱绝，蓬莱宫中日月长。
回头下望人寰处，不见长安见尘雾。

惟将旧物表深情，钿合金钗寄将去。
钗留一股合一扇，钗擘黄金合分钿。
但教心似金钿坚，天上人间会相见。
临别殷勤重寄词，词中有誓两心知。
七月七日长生殿，夜半无人私语时。
在天愿作比翼鸟，在地愿为连理枝。
天长地久有时尽，此恨绵绵无绝期。

君王如此思念贵妃，却连梦中都不能一见。他想要苦苦寻觅，哪怕能见到贵妃的魂魄也好。此时有一个道士愿意上天入地，为君王寻找贵妃的神魂。可是就在那一瞬间，两人阴阳两隔，天地苍茫，又如何能够轻易找得到?

“忽闻海上有仙山，山在虚无缥渺间。”到此时，诗中引入了一个非常唯美的传说和想象，仿佛这种凄凉无边、悲哀无尽的思念，有了一点点烘托，有了一点点温暖。道士上天入地寻找贵妃都找不见，后来忽然听说海上有一座仙山，仙山隔云海，霞岭玉带连。缥缈虚幻的楼阁里，美丽绝伦的仙子中，有一个叫太真的，好像应该就是君王日思夜想的杨贵妃吧。

“金阙西厢叩玉扃，转教小玉报双成。闻道汉家天子使，九华帐里梦魂惊。揽衣推枕起徘徊，珠箔银屏迤逦开。”这几句写得非常唯美，但是却非常不真实，恍若梦境又恍若仙境的一个画面。叫作太真的仙女听说有人来报告汉家天子使——暗喻唐明皇派使者来了，忽然惊醒，揽衣起床。

鬓发如云，花容月貌，衣袂飘飘，风情万种。不管在生前还是死后，不管在人世还是在天堂，贵妃永远都是那么美，那么飘逸，仿佛不食人间烟火。而唯一不同的是，她已经不再是人世间那个为情所苦的女人，她已经永远离开了那个充满爱恨、恩怨、争斗、厮杀的宫廷。

“玉容寂寞泪阑干，梨花一枝春带雨。含情凝睇谢君王，一别音容两渺茫。”这几句简直把贵妃的美态写得一览无余，非常忧伤，但是又非常娇美。在这张娇美的脸上，还有着泪痕，仿佛梨花带雨、双目含情，杨贵妃让使者代她去谢谢那么爱我的君王，从此一别，天人两隔，再也不能相见了。人生之痛，莫过生死别离，阴阳相隔，永远在两个世界。从此以后，昭阳殿里人间的恩爱就再也没有了，只剩下蓬莱宫中日月漫长。还想回顾一下当年的恩爱，可是只看到漫漫风尘，再也望不到记忆中的长安城了。

《红楼梦》中的有一首《枉凝眉》：

一个是阆苑仙葩，一个是美玉无瑕。
若说没奇缘，今生偏又遇着他；
若说有奇缘，如何心事终虚化？
一个枉自嗟呀，一个空劳牵挂。
一个是水中月，一个是镜中花。
想眼中能有多少泪珠儿，
怎经得秋流到冬尽，春流到夏！

玄宗和贵妃就是这样，他们虽然倾注了如此真挚的情感，如此的万般不舍、肝肠寸断，但是因为他们的身份一个是君王、一个是贵妃，他们有推卸不掉的责任，他们在人间不可能长相厮守，所以在此处，“惟将旧物表深情，钿合金钗寄将去”，“但教心似金钿坚，天上人间会相见”。

这么深情款款、唯美温馨的画面，但实际上表明的却是一种永远不可能再见的决绝心情——再也不能相见了，虽然我也如此朝思暮想君王，却只能将当年他曾送给我的这些金钗银钿，拿回一半表明我的心迹。也许有一天我们还能够再续前缘，那么就会在另一个天上人间相见。人间最痛莫过于此，有爱而不能，有缘却无分，白居易在此处不知不觉间融合进自己很多的心绪，不知不觉间写透了人间千百年来痴男怨女的百转愁肠。

“临别殷勤重寄词，词中有誓两心知。七月七日长生殿，夜半无人私语时。”到此处，我们已经看不到君王和那个妃子了，看到的只是情深义重的一对男女。永永远远无法相聚，只能够在托人捎回的话当中表明自己的心迹，而这个心迹是任何人都不知道的，是他们在七月七日长生殿前，夜半无人的时候悄悄许下的诺言。这个诺言无关家国政治，无关富贵荣华，只关两个人的内心和情感。

“在天愿作比翼鸟，在地愿为连理枝。”在全诗的结尾，已经完全脱离开了最初的那种讽喻君王因为挚爱美人舍去江山的意旨，而是写到了整个文学和整个人性世界里最唯美的主题——爱情。如果此生不能相见，来生也要续缘，只可惜“天长地久有时尽，此恨绵绵无绝期”。虽然我们许愿要爱到海枯石烂，要爱到天长地久，可是，究竟能爱到何时呢？只剩下这绵绵不尽的遗憾，像天地一样悠悠不绝……

第二十讲

天才横迈　风流俊爽

——杜牧《泊秦淮》

提到杜牧，我们一定知道他的一个雅号，就是他和李商隐合称为“小李杜”，遥遥呼应着盛唐时期的两座高峰：“大李杜”——李白和杜甫。

“大李杜”风格不同，李白比较昂扬、发散式的，比较飘逸的，而杜甫则是比较内敛沉稳、沉郁顿挫的。可是在晚唐的这一组“小李杜”的身上，风格则正好相反，杜牧是一位天才横迈、风流俊爽的才子，而李商隐的特点则是凄艳幽怨、细致深婉。

李商隐和杜牧生活的时期已经到了晚唐。从唐穆宗长庆年间以后的唐王朝危机步步加深，尤其是从唐敬宗的时候开始，大唐帝国虽然曾经有想要中兴的努力，但是此时已经挽不住狂澜，难以拯救这种衰败和倾颓的趋势。

晚唐时期宦官专权、藩镇割据、战乱频繁，苛捐杂税加之民间财力和物力的耗尽，再加上统治集团的腐败，内忧外患。尤其对于盛唐时期特别有机会去投身仕途、出人头地的知识分子来说，到了晚唐，政治上的腐败非常严重，考风考纪也被破坏，这个时候的文人很难再像此前，甚至都不能像中唐时期的文人那样通过科举考试步入政治上层、参与国事当中，实现自己经世济国、建功立业的抱负和梦想。此时的文人士子们报国无门、理想落空，人生志向又不断受到挫折。

如果说中唐的诗坛气氛还有一种衰飒的感觉，有一种无所谓的状态；那么到了晚唐的时候，则常常有一种难以抑制的悲凉和落寞。在这个时期，最多的一类诗就是咏史怀古诗。此时咏史怀古诗的内容，包括对盛唐鼎盛国力的怀念，包括对国家衷心寄予的希望，还包括更加明了世事的变化无常、明白整个帝国难以阻挡的倾颓命运。所以到了晚唐时期的咏史怀古诗常常带有一种悲怆、哀悼的意味，杜牧的笔下就有很多这样的诗歌。

杜牧出身名门世家，他的远祖杜预是西晋著名的政治家和学者，他的曾祖父杜希望是玄宗时期非常著名的边关将领，他的父亲杜佑是中唐时期辅佐德宗、顺宗、宪宗三朝的名臣，而且又是一个大史家，写过非常著名的《通典》，梳理了历代典章制度。

可是从他的祖辈到父辈，家势逐渐衰落了。他曾在《冬至日寄小侄阿宜诗》当中非常自豪地回忆自己显赫的家世：

冬至日寄小侄阿宜诗

旧地开朱门，长安城中央。
第中无一物，万卷书满堂。
家集二百编，上下驰皇王。

杜牧从小在书香墨韵中长大，修养非常好，年轻的时候就博通文史，聪慧灵透，二十三岁的时候作了著名的《阿房宫赋》，名动京师。

可以说杜牧是一个极有才华的人，而且也有很好的政治洞见力。他曾经熟读《孙子兵法》，写过很多策论性的文字，曾经给朝廷献过一些平定叛乱的计策，都被采纳且获得成功。但是对于这样一个才子，非常可惜的有两点，第一点就是他的确生不逢时。有句话叫作“时势造英雄”，一个人非常有才华、志向，还需要生在一个适当的时机，天时、地利与人和齐备，才可以建功立业。杜牧生活在唐王朝已经走下坡路的时候，重新振复的希望到此时基本落空了。整个大唐帝国内忧外患，很多有学识、有见地的人忧心如焚，虽然希望挽狂澜于既倒，但又英雄无用武之地。

第二点，就是虽然大有才情，但是并不特别适合搞政治。像以前提到的曹植、李白等等也都是这样的人，他们才华很高，但并不适合在具体的位置上，做一些真正实际的行政工作。杜牧也是这样的人，他常常感到怀才不遇，而恰恰又恃才放旷，所以有人评价他“有相才但是无相气”。

这两点结合到一起，使得杜牧很难能够真正施展自己的才华，所以他经常表现得狂放不羁。一方面才华横溢、风流俊爽；另一方面又得不到重视，面对国事忧心如焚，所以他常常在酒中寄托情怀。杜牧写过好多关于喝酒排遣愁绪的诗句：

高人以饮为忙事，浮世除诗尽强名。

——《湖南正初招李郢秀才》

但将酩酊酬佳节，不用登临恨落晖。

——《九日齐山登高》

半醒半醉游三日，红白花开山雨中。

——《念昔游三首》

借问酒家何处有，牧童遥指杏花村。

——《清明》

一世一万朝，朝朝醉中去。

——《雨中作》

寻僧解忧梦，乞酒缓愁肠。

——《郡斋独酬》

往往念所至，得醉愁苏醒。

——《感怀诗一首》

醺酣更唱太平曲，仁圣天子寿无疆。

——《郡斋独酬》

在各种诗中，经常是酒入愁肠、今朝有酒今朝醉的感觉，空有一腔才华却无处施展抱负。

除了喝酒之外，杜牧还有一个特点，就是经常流连于花丛柳巷、青楼酒肆：

遣　怀

落魄江南载酒行，楚腰纤细掌中轻。
十年一觉扬州梦，赢得青楼薄幸名。

这首诗中，有酒、有青楼、有落魄、有江南。当然并非简单地说杜牧只是一个浪子，我们要从另一个角度去理解他。在那个时候，唐王朝已经到了衰退的晚期，风雨飘摇，同时又有各种各样的冲击不断。实际上杜牧是一个非常有见解的人，可是他的这种才华，在此时只能湮灭于茫茫的人海之中；虽然熟读经史，但也无力回天，这一腔悲愤只能到花街柳巷中去排遣释放。

即便如此，杜牧的咏史怀古诗却非常有见地，而且特别有历史深沉的感慨，有他独特的性情和才情。

《唐才子传》载：

后人评牧诗，如铜丸走坂，骏马注坡，谓圆快奋急也。

杜牧诗歌俊朗飘逸、才情恣肆的特点，比较典型地体现在他的五绝、七绝当中。

江南春

千里莺啼绿映红，水村山郭酒旗风。
南朝四百八十寺，多少楼台烟雨中。

《江南春》这样一首绝句人们耳熟能详，仿佛写来毫不费力。“千里莺啼绿映红，水村山郭酒旗风”，然而在这样一片红花绿柳、山水掩映、酒旗招展当中，杜牧却笔锋一转，“南朝四百八十寺，多少楼台烟雨中”。把当时南北朝时期佛教的兴盛，整个历史的变迁、兴衰的变化瞬间带了出来。

过华清宫

长安回望绣成堆，山顶千门次第开。
一骑红尘妃子笑，无人知是荔枝来。

同样的，这首诗起句看起来非常简单平易，“长安回望绣成堆，山顶千门次第开”。接下来轻轻地笔触一点，“一骑红尘妃子笑，无人知是荔枝来”。你会发现，在杜牧好多的诗当中都有一种四两拨千斤的力量，看起来轻松地提了一句，类似于调侃，仿佛只是触及当时的一个小小的事件，或者是一个表象，一个因素，但却让人豁然领悟到整个事情的来龙去脉。

这首《过华清宫》根本没有写到过唐玄宗，可是“一骑红尘妃子笑”，引起整个大唐王朝千门万户倒塌的安史之乱，究竟起于何因？这样深沉的思索就在这看似轻松的调侃中深深地渗透开来。

赤　壁

折戟沉沙铁未销，自将磨洗认前朝。

东风不与周郎便，铜雀春深锁二乔。

《赤壁》也是这样一首咏史怀古诗。杜牧站在赤壁大战的古战场遗址面前，忽然看到有一段折了的戟埋在沙子当中，已经铁锈斑斑。他拿回去把它洗刷打磨后，辨认出是前朝的遗物。本来前两句只是一个普普通通的叙述，但是三四句又陡然一转：如果当年不是东风给了周郎方便，没准著名的二乔美女早已经被曹操俘虏在铜雀台了——整首诗没有一句故作高亢之语，却让整个思路和场景为之一变。

杜牧才情极快，走笔非常顺滑，但是又意味深长。往往一笔就点到了历史的痛处，一笔就引起了无尽的思索，一笔就转换到另一个角度看问题。他在这方面的能力是极强的，而且他的这种风流俊爽的特点被后人评为有太白遗风。

天才横迈，有太白风。

——管世铭《读雪山房唐诗》

李白绝句有一个特点叫作“灵光闪现、瞬间定格”，那么杜牧绝句的特点则是在灵光闪现当中，不只有人世间眼前的景物，而且有对历史的回顾思索；在深沉和悲怆当中，有轻松，有幽默，有调侃，同时又有一个非常特别的领悟点。

最具代表性的绝句是《泊秦淮》。

泊秦淮

烟笼寒水月笼沙，夜泊秦淮近酒家。

商女不知亡国恨，隔江犹唱后庭花。

秦淮河向来是达官权贵歌舞宴乐的场所，也是历来青楼名妓香艳之处。杜牧有一个名句叫作“赢得青楼薄幸名”，这样的一个风流才子，他夜泊秦淮想要写什么呢？

首先第一句，“烟笼寒水月笼沙”，打造了一个非常朦胧、唯美，但是又有一些苍茫旷远的场景。烟、水、月、沙，中间用了两个“笼”字，整个天地和这四样景物仿佛被笼罩在一种朦胧而又让人感觉有一点点伤感和迷茫的夜色当中，甚至有一点微微的孤独、微微的寂寥、微微的寒冷。下一句非常自然地引出来了“夜泊秦淮近酒家”。如果开头两句还让人感觉到有一些暧昧，不知道他究竟要说什么，那么三四句再次如同飞鹤转身一般点出了主题。

“商女不知亡国恨”，商女是指那些卖唱的女孩。秦淮河本身就是歌舞宴乐的香艳地方，卖唱的女孩在此处唱歌，唱的是什么呢？唱的是一首无心无肺的亡国之曲。商女唱歌给谁听呢？唱歌给达官权贵听。商女不知道亡国之恨，手中握有权柄的这些执政者们难道也不知道吗？

当年陈后主过着奢侈淫靡的生活，宠爱贵妃张丽华，作了一首《玉树后庭花》，唱道“玉树后庭花，花开不复久”，之后就被隋朝所灭。所以《玉树后庭花》被认为是一首典型的靡靡之音、亡国之音。卖唱的女孩不知道这首歌究竟意味着什么，还在这里低吟浅唱，可是听歌的权贵们也没有从中感觉到大唐帝国大厦将倾的危难。

“隔江犹唱”，一方面是说女孩隔着秦淮河在唱歌。在朦胧的夜晚，夜色中歌声渺渺很有意味，让人想起朱自清《荷塘月色》中那句“仿佛远处高楼上渺茫的歌声似的”。可是在此刻，这种歌声却有多少让人痛楚伤感、怀念幽怨的意味。

当年的陈后主就是这样沉迷在歌舞宴乐当中，殊不知一江之隔的隋朝大军即将打过来，即将面临着亡国灭顶之灾，所以这个“隔江”仿佛是当年的隔江，让人倏然一惊。全诗到此戛然而止，字面上只在写这个卖唱女孩什么都不知道，她无非在唱着《玉树后庭花》，然而这一句笔端所带来的酸涩的意味、心头无法抹去的对于国家的忧患之感，深深地透过纸背弥漫开来。

从这首诗里，我们就能够看到杜牧绝对不是一个简简单单狂傲的酒徒，不是一个青楼的常客，而是怀揣着无尽才情，面对大厦将倾却无力回天的忧国之人。

这首《泊秦淮》被清人沈德潜在《说诗晬语》中认为是绝唱，而且认为是唐人绝句中的压卷之作。你会发现杜牧也没有写什么惊艳的句子、唯美的辞藻、纤细秾丽的意象。其实一首经典之作、传世之作，一首真正好诗的标准，就是看起来毫不费力，可字字力透纸背；看起来举重若轻，却有四两拨千斤之力。

《菜根谭》中有一句话，“文章做到极处，只是恰好”。“恰好”是什么呢？就是没有故作惊人之处，没有那种晦涩的言语，不多又不少，不丰又不简，整个一首诗流畅自然、风清俊爽，但是引人遐思。

像《泊秦淮》这样的诗，字面之下是对于现实无可挽回的深切感触，带有不可抗拒的意味，这种情怀在杜牧的诸多诗作中都有体现。到了晚唐，人们更多地意识到了一切无法长存，一切终将过去。虽然失意，仍然还能够旷远、超脱。但是越广大的时空，越阔大的背景，越能衬托出那种悲戚、遗憾、感慨和悼念的哀思。

第二十一讲

哀婉凄艳的朦胧

——李商隐《无题》

在讲李商隐之前，我们首先要回顾一下整个唐代诗歌长河的走向。从初唐开始，诗歌的境界逐渐阔大，从亭台楼阁转移到关山塞漠；到了盛唐时期，呈现出外放、昂扬、阳刚、浪漫的特点；到中唐时期，有了萧瑟、衰飒、淡漠的色调；而到了晚唐，种种心绪交织在一起，有对过去的大唐盛世的追慕和回忆，有遗憾，有叹惋，有伤痛；也有一种转向，就是它已经从初唐、盛唐关注天人宇宙的壮阔情怀开始变化，逐渐转向现实，转向内心的世界。就如一个盛世豪族的年轻人，在家世极为显赫的时候充满了理想豪情，而当遭遇到重大不幸的冲击后，开始面对现实，重视自己的内心。

李商隐和杜牧在晚唐的诗歌中开辟出来了一个新天地，和盛唐、中唐时期的诗歌风格完全不同。这种不同并没有好和不好之分，只是仿佛一个人一生当中的各种阶段，由于经历不同，心绪已经改变，喜欢的点、注意的点，审美的情趣和格调已经转变了。这种感觉，就像“少年不识愁滋味，为赋新词强说愁”，而到了晚唐，则是“而今识尽愁滋味，却道天凉好个秋”。

李商隐有一首《登乐游原》，仿佛是献给晚唐的写意：

向晚意不适，驱车登古原。
夕阳无限好，只是近黄昏。

他有很多经典的句子，比如“身无彩凤双飞翼，心有灵犀一点通”“锦瑟无端五十弦，一弦一柱思华年”“相见时难别亦难，东风无力百花残”。我们读李商隐诗的时候感觉非常美，但这种美和李白、杜甫、王维、孟浩然是不同的。李商隐诗歌中的美让我们感到一种隐隐的哀婉凄凉，感到一种迷离悲伤，但是又不十分明显。仿佛像《诗经·蒹葭》篇所写：

所谓伊人，在水一方。
溯洄从之，道阻且长。
溯游从之，宛在水中央。

没有办法确指，也没有办法触摸，就是这样一种朦胧的、细微的、隐约的美，不断地吸引着我们，千百年来为之传唱。这样一种美究竟从何而来？李商隐究竟是一个什么样的人，他为什么要写出这样的诗歌，带有这样的风情和特点？而我们又该怎样去理解他呢？

李商隐（812～858）字义山，号玉溪生，又号樊南生，祖籍淮州河内（今河南焦作沁阳）。小时候随祖父和父亲不断迁居辗转，而祖父和父亲又都早早病故，李商隐从小就跟随母亲，孤儿寡母，无依无靠。家世不幸，他本身又非常瘦弱。孤苦的经历加之身体的原因，形成了他易于感伤的性格，但是同时也让他特别努力，想通过科举改变家族的情况，从而振兴门庭。因此李商隐早年埋头苦学，特别执着努力。

在唐文宗年间，李商隐碰到了他人生中一个最重要的人物——令狐楚，令狐楚特别赏识他，而且聘他进入幕府，亲自指点教育；令狐楚的儿子令狐绹也和李商隐关系很好，帮助他考中了进士。李商隐最开始受到了照顾，可是转年令狐楚病逝，李商隐只好再次投奔到另一个节度使王懋元的幕下。

“入幕”是唐代士人生活中非常重要的一个特点。很多大诗人，比如岑参、李白、杜甫、杜牧、白居易、刘禹锡等都曾经有过入幕的经历。简单地说，就是到地方大员或者是藩镇、节度使的手下去做一个文官，类似于秘书或者文案角色，一方面可以经营自己的衣食，另一方面可以到不同地方体验不同的生活。

节度使王懋元也非常欣赏李商隐的才华，而且把自己最小的女儿嫁给了他。本来李商隐以为遇到了人生当中的两个贵人，但是实际上却是他一生坎坷命运的开始。

晚唐时期有一个历史上值得注意的情况，叫作“朋党之争”。当时的“牛李党争”非常严重，以牛僧孺、李宗闵为首的牛党和以李德裕、郑覃等为首的李党，这两个不同的政治派别之间的争斗从唐宪宗时期到唐宣宗时期，接近四十年。朋党之争给整个唐王朝带来很大影响，而宦官专权的腐败以及经济衰落更加深了唐朝的危机。

刚才提到，李商隐在令狐楚病逝后又依附于王懋元，到他的门下入幕。可因为令狐楚父子是牛党要员，而王懋元则被视为是亲近李党的人物，所以他们是不同的派系的重要成员。而年轻的李商隐却没有这么复杂的政治思考和智慧，他依附于王懋元，在牛党的派系眼中就是叛徒，从此为令狐绹不满、被牛党厌弃。这些派系之间的成见，再加上李商隐本身孤高耿直的个性，不太会斡旋、处理和挽救一些关系，导致他一生中都沉沦下僚，一直做很短的、品级很低的官职。

直到去世之前，李商隐的人生后三十年中，大约有二十年奔波辗转在各地的幕府，东南西北到处漂泊。南方到桂林，西边到四川的梓州，远离家室，这些经历又给他的人生带来很大影响。尤其是最后一次到四川期间，他的妻子王氏不幸病故，子女寄居在长安，飘零低回的身世更促成了他抑郁感伤、更加内向的性格。

有一点交代一下，虽然晚唐时期盛世不再，知识分子的心中感到落寞、哀惋和伤悼，但是他们的内心始终关怀家国，这种情怀从未逝去。因而当我们关注李商隐时，也并不只注意他易于感伤的特点。从另一方面而言，李商隐非常关心现实和家国命运，他曾经写过近百首政治诗，在其诗作中比例相当高。例如他的著名长诗《行次西郊作一百韵》，对整个唐王朝的衰落做了一个纵向的回顾，对各种社会危机做了各种分析，从藩镇割据到宦官专权，到骄奢淫逸到苛捐杂税，一直到百姓生活的水深火热、到边防力量的削弱，都在长诗当中有所体现，形成了一幅气势磅礴的历史画卷。这些内容在他的其他诗作中都多有出现，因此我们不能把李商隐只看作是一个关心小我、期期艾艾的诗人。

除了政治诗，李商隐还有很多咏史和怀古诗。唐文宗年间发生了甘露事变，李商隐当时作了多首诗去抨击当时的时政，抨击宦官专权滥政带来的影响。实际上当时白居易和杜牧都没有李商隐的这种胆识，而且他政治诗的题材和咏史怀古诗等都含有了对盛唐历史的追慕、对当时朝政腐败，皇帝骄奢淫逸、注重求仙的深入思考和尖锐讽刺。

当然，必须要提到的是，虽然李商隐的政治诗和咏史怀古诗等占了很多篇幅，但是决定李商隐在大唐诗歌长河中熠熠生辉的地位，让后人不断追慕吟咏的，则是他的抒情诗。其中最为杰出的是他以《无题》为中心的爱情诗。这些诗虽然不是特别多，但是代表了他独特的艺术风貌，是他特有的标签。

李商隐的诗为什么叫"无题"呢？有人认为是纯美的爱情诗；有人认为是表达他生活际遇的诗；也有人认为是表达他政治理想不能实现的诗……李商隐诗歌最大的特点就是难以确定它的指向。

其实很多优美诗作的主旨也是很难确指的。例如在《人间词话》中，王国维把三首著名的诗词概括为三种人生和学问的境界。"昨夜西风凋碧树，独上高楼，望断天涯路"，是望眼欲穿，思念远方的爱人；还是为了要达到人生的最高理想，必须要去除眼前的浮云呢？"衣带渐宽终不悔，为伊消得人憔悴"，是为了心中所爱甘愿受折磨，还是为了追寻那种人生境界自甘憔悴呢？"众里寻他千百度。蓦然回首，那人却在灯火阑珊处"，是寻寻觅觅，追逐心爱之人；还是在追求真知的途中千回百转，终于柳暗花明呢？

那种没有确切的指向，若即若离、欲说还休的特点，在李商隐的诗中表现得尤为明显。他常常用一些非常绵密而隐晦的意象表达自己的情怀，这是他区别于其他诗人的一个不同之处。比如写愁绪的时候，李白会写“白发三千丈，缘愁似个长”，会将这种愁用明确的比喻写出来，但是在李商隐的笔下从来没有过。

无　　题

相见时难别亦难，东风无力百花残。
春蚕到死丝方尽，蜡炬成灰泪始干。
晓镜但愁云鬓改，夜吟应觉月光寒。
蓬山此去无多路，青鸟殷勤为探看。

关于这首诗，解读的角度非常多。先从单纯的情感层面去理解，据说李商隐少年的时候曾经学过道，在学道的过程中遇到一位非常美丽的女道士，两个人情愫渐生，但是又不可能在尘世中结成姻缘，这种为爱煎熬、欲爱不能的情怀一直萦绕在他心中。仅从爱情诗的角度，我们也能感受到这首诗情真意切、深厚缠绵而又纯洁唯美的意蕴。

首联“相见时难别亦难”，用了两个“难”字，形成那种重叠而又波折的感觉。有感情的两个人，虽然“身无彩凤双飞翼，心有灵犀一点通”，已经眉目传情，了然于心，但是无奈却被现实中的种种阻隔所绝断，想见一面都如此之难。越是难以相见，越是渴望相见，而一旦一朝相聚的时候，就是“金风玉露一相逢，便胜却人间无数”。

可是纵然胜却人间无数，也不能够改变分别的现实。分别的时候更是黯然销魂、痛苦伤怀。仅此开头一句已经让人觉得柔肠寸断，再加上“东风无力”，眼见着最美好的春天就要消失，盛开的百花即将凋零，这世界上走得最快的，往往是最美好的时光——一切终将逝去，一切再也无法挽留了。

颔联两句用了比喻：“春蚕到死丝方尽，蜡炬成灰泪始干。”春蚕吐丝的“丝”是一个谐音，等同于相思的“思”。虽然我们不得不分开，但是我对你的思念就像绵绵春蚕吐出来的潺潺绢丝，缠绵无绝，一直到生命终结方才罢休。

南北朝乐府诗当中有一首《作蚕丝》，就是用春蚕吐丝来比喻情人互相思念、绵绵无绝的情怀：

春蚕不应老，昼夜常怀丝。
何惜微躯尽，缠绵自有时。

“蜡炬成灰”也是早已有之的典故：

思君如夜烛，煎泪几千行。

——陈叔达《自君之出矣》

思君如明烛，中宵空自煎。

——鲍令辉《自君之出矣》

在魏晋南北朝的乐府诗中已经有类似的比喻，用蜡烛流泪比喻对人的思念以及煎熬。杜牧也曾经给自己心爱的姑娘写过一首类似的诗：

多情确似总无情，唯觉樽前笑不成。
蜡烛有心还惜别，替人垂泪到天明。

但是在这里，“春蚕”和“蜡炬”两者被李商隐妙笔点染，带有了更别致也更伤感的意味，更能体现这种折磨和煎熬。

颈联“晓镜但愁云鬓改，夜吟应觉月光寒”。两心眷眷、两情依依，在这样的情境中，已经感觉到相思令人憔悴。如云的鬓发开始脱落，而另一个人呢？也许同样在思念着我吧。寂寞的夜里只有默默吟咏，月光照彻在她的身上，可能也觉得倍加寒冷吧！

李商隐特别善于将这种俗世情感升华到一种至情至性、晶莹纯净，又不乏缠绵悱恻的境界。那种春蚕到死、蜡炬成灰，甚至已经超越情感本身，达到了对于人生境界的执着追求这个永恒的意义上。这种情形在古代诗歌中是特别罕见的，此前写到女子的时候，很多是写那种美态、梳妆、依恋，很多时候把女子作为一种赏玩的对象，而在李商隐的诗中，却把女子写得真挚、纯净、透明。

最后两句：“蓬山此去无多路，青鸟殷勤为探看。”仿佛是一种自我的化解。蓬山代指女子的住所，实际上喻指仙境——你住的地方应该不远吧！如果真的有青鸟——青鸟是西王母的使者，希望青鸟能带去我的思念，经常去看你。但蓬山真的不远吗？

看下面《无题四首》中的句子：

来是空言去绝踪，月斜楼上五更钟。
梦为远别啼难唤，书被催成墨未浓。

蜡照半笼金翡翠，麝熏微度绣芙蓉。
刘郎已恨蓬山远，更隔蓬山一万重。

在这首诗中，也是这种无言的哀愁、无奈的别离。而到最后，“刘郎已恨蓬山远，更隔蓬山几万重。”蓬山，真的是很远，它在仙境，它在天边，无法超越，无法飞度；而自已用青鸟来转寄自己的相思，只是一种遥遥无期的盼望而已。

刚才我们从纯净的爱情诗角度解读了这首“无题”诗，其实李商隐的很多诗常常如此，难以确指，但又让人感觉到极为美好流连，又带着极为凄美的情怀。

比如这一首著名的《锦瑟》：

锦瑟无端五十弦，一弦一柱思华年。
庄生晓梦迷蝴蝶，望帝春心托杜鹃。
沧海月明珠有泪，蓝田日暖玉生烟。
此情可待成追忆，只是当时已惘然。

李商隐一定是唐诗史上的一个奇迹，因为千百年来，我们并不知道他真正想在诗里说什么，但是却如此被他吸引，不断吟诵。

李商隐最喜欢、最善于用一些不确指的意象来表达情怀。在这样的诗当中呈现出的，是一些似有而实无，虽然没有，但是又分明可见的一个一个映像。庄生梦蝶、杜鹃啼血、良玉生烟、沧海珠泪，这一个个唯美缥缈、不可确指，却又让人真切感怀的意象并没有互相的联系；虽然没有互相联系，我们又能感觉到作者纠结于其间的怅惘、感伤、寂寞、失望，而又有一点期望的情思弥漫开来。这种情思超越古今，甚至逾越了真与幻、心灵与外物的界限。

有的学者认为李商隐的诗歌具有多意性，意向特别多而又无确指。我们可以从一个角度来理解：李商隐生于晚唐，看见盛世不在，看见诸多无奈苍凉、无力挽回的现实，既想努力献身于政治，为家国服务，又不能实现；既想展示自己的才华，又被别人误解，终生不得重用。爱慕一个人，又不可能实现美好且温暖的爱情；从小孤苦，长大后又被自己的恩人所厌弃；有透彻的政治洞见力，却只能在纸面表达无力的讽刺……所有这一切纠结在一起，其实李商隐自身也很难确指、也无法确指究竟是怎样的情怀，而这样浓重的怅惘迷茫、忧思感伤的境界是作者的心绪，绝不是一时一事能解决的，我们在读的时候也不要拘泥于一时一事。李商隐给我们展示了他内心当中敏感、纤细的触又触不到、摸又摸不到的朦胧境界，他的意象是唯美的、引人遐思的、空灵的，但是却又让我们感到亲切，给人以丰富联想和暗示。

再来欣赏两首他的诗：

无题二首

其　一

昨夜星辰昨夜风，画楼西畔桂堂东。
身无彩凤双飞翼，心有灵犀一点通。
隔座送钩春酒暖，分曹射覆蜡灯红。
嗟余听鼓应官去，走马兰台类转蓬。

夜雨寄北

君问归期未有期，巴山夜雨涨秋池。
何当共剪西窗烛，却话巴山夜雨时。

李商隐的诗总是这样优美、婉约、绵密、纤细，凄美哀艳而又浑融无痕，余味绵长，让人品嚼不辍。他虽然注重字句意象的凝练和唯美，却又不失唐诗的气象，这是其他诗歌所不能够比拟的。诚然，也奠定了他在唐代诗歌史上独特的地位，成为晚唐回旋不绝的余响。